2022학년도 관인고등학교
제 2회 문예지

목차

지은이

도움 최선호
도움 염효저

김정빈 안희경 박가온
이병도 윤영우 정예해

그린이

서문

최근엔 아니 에르노의 책들을 몰래 주욱 읽어가고 있었다. 《세월》이라는 책을 오디오북으로 켜놓고 운전을 하는데, 머리가 지끈거렸다. 하도 지끈거려서 오른쪽 두 번째 손가락의 마디를 굽혀 딱딱한 뼈마디로 미간을 꾹꾹 눌러가며 계속 운전을 했다. 감정 없는 음성이 감정의 휴지 없이 읊어가는 문장들. 의식하지 않는 시대의 의식들. 누군가가 게워낸 세월의 조각을 내가 반나절도 할애하지 못하는 시간으로 이해할 수 있을까. 책을 사랑하고 소설을 사랑하고 글을 쓰는 많은 이들을 동경하지만, 나는 여전히 그들을 이해하지 못할 때가 많다.

처음 출간될 동아리원들의 문예지의 제목을 무엇이라고 할까. 처음 아이들이 정한 '길'이라는 제목은 아이들의 이야기를 담기에 자꾸만 빗겨나가는 것처럼 느껴졌다. 다행히 내 주위엔 나보다 더 현명한 사람들이 산다. 한 아이가 "마음속의 소란스러운 저마다의 소음 그리고 그걸 엮어 하나의 책을 끝나는 순간, 소음이 끝나는 순간은 악음이라고 하더라고요. 소음하고, 악음 어때요?"라며 말을 꺼냈다. 이 책이 《소음, 악음》이라는 이름을 가지게 된 배경이다.

글을 써서 작가가 된다는 것은 결코 쉽게 상상할 수도 또 쉽게 허용되지도 않는 몇 없는 행운의 순간이다. 다만, 서로 다른 기울기로 투영하는 저마다의 욕망은 소음이 되고, 침묵하는 쉼표의 순간에도 생각들은 말 없는 말을 한다. 아이들에겐 분투하는 마음으로 쓰지 못한 이 책을 그리 자랑스러워 말고 때때로 부끄러워하며 앞으로 더 좋은 글을 쓰라고 못된 말을 내뱉었다. 그러나 아니 에르노의 글쓰기와 여덟 명의 학생들의 글쓰기. 그들이 글을 쓰는 일련의 행위의 위대함에는 한 톨의 차이와 위계가 전혀 없음을 다시 말하며 용서를 구하고 싶다.

슬플 때에도, 외로울 때에도, 마음 속에 먼지가 켜켜이 내려 앉았을 때에도. 힘들겠지만 기뻐서 벅차올랐을 순간들도 어느 시인이 그랬듯이 여문 꽃봉오리에서 씨를 받는 마음으로 글을 쓰며 살아가보렴.

편집자

주가람

sparkle

김가빈

12월의 어느 날, 새하얀 눈이 그칠 줄 모르고 하염없이 내리던 날. 그날 나의 부모는 세상을 떠났다. 어린 동생과 아직 아무것도 모르는 나를 남겨둔 채로 다시는 만날 수 없는 곳으로 떠나버렸다. 이제야 막 제대로 된 말을 할 수 있게 된 어린 동생을 남겨둔 채로. 나의 어린 동생은 오늘이 무슨 날인지 아는지 모르는지, 하염없이 내리는 눈을 바라보며 알 수 없는 표정을 짓고 있었다. 창 밖의 사람들은 아는지 모르는지, 마냥 행복해 보였다. 모든 것이 나를 비웃는 것 같았다. '자신의 부모를 죽인 살인자!' 모두가 그렇게 말하는 듯했다. 실제로 그럴 일은 없겠지만, 원래도 부정적이었던 나는 오늘따라 더 좋지 못한 생각으로 가득했다. 나는 할 수 없는 것이 없었다. 무엇을 하든 칭찬을 받았고, 1등을 놓치지 않았다. 모두가 이런 나를 보며 부럽다 말하였지만, 나는 단 한 번도 이런 내가 좋았던 적이 없었다. 오히려 나는 이런 내가 싫었고, 또 어떨 때는 증오스럽기까지 하였다. 노력하지 않아도 모든 것을 할 수 있었다. 나는 어려서부터, 아니, 태어나서부터 그러했다. 나의 등 뒤에는 언제나, 언제나 새하얀 눈이 내릴 뿐이었다. 나는 누군가를 사랑할 줄을 몰랐다. 좋아해 본 적도, 싫어해 본 적도, 화가 난 적도, 울어본 적도, 웃어본 적도 없었다. 나의 어린 동생은 늘 이렇게 말했다. "형은 로봇 같아." 어쩌면 그 말이 맞을지도 모른다. 어쩌면 나는 로봇일지도 모른다. 이 세상에 나의 존재를 인정해주는 것은 없었다. 내가 살아있다는 것이 사실인지, 나는 알 수 없었다. 이것은 단순히 내 존재 여부를 묻고자 하는 것이 아니다. 이 세상에 내 존재 여부를 묻는다는 행위 그 자체로서 일종의 *확인이다. 이런 생각들을 한다는 것이 곧 내가 이곳에 존재하기에 할 수 있는 것들이다. 그래서 나는 끊임없이 내 존재를 *확인하고자 하였다. 하지만 이것만으로 내 존재를 확신할 수는 없었다. 그 확신을 시켜줄 존재는 더 이상 이 세상에 존재하지 않았다. 늘 가슴속에 품어왔지만 말할 수 없었다. 그 답을 듣는 순간 내 존재가 사라져버릴 것 같았다. 이제는 영원히 알 수가 없게 되어버렸다. 그 사실에 오히려 안심하는 내가 싫었다. 나는 수많은 노력을 하였다. 로봇이 되지 않기 위해서 웃는 것을 연습했고, 우는 것을 배웠으며, 그 외에 인간이라면 누구나 할 줄 아는 것들을 배우며 연습했다. 하지만 단 하나 배우지 못한 것이 있었다. 그것은 *사랑이었다. 그것을 알려주기 전, 이 모든 것들을 가르쳐준 나의 부모는 세상을 떠났다. 아마 이것 또한 내가 영원히 알 수 없을 것이다. 나는 정말 노력했다. 보통의 사람들은 전혀 하지 않았을 것들을 배우며 연습했다. 그들에게는 가장 쉬웠을 것을 나는 가장 오랜 시간 연습했다. 그것이 내가 한 것들 중에서 가장 어렵고도 힘든 것이라고 말 할 수 있다. 이 모든 것들을 모두 몸에 익히고 나서야 나는 비로소 내가 존재한다고 느끼게 되었다. 나의 어린 동생은 언젠가 한 번 내게 이런 말을 한 적이 있었다. "형, 형은 항상 웃고 있지만, 그 웃음이 전혀 행복해 보이지 않아. 울 때도 그렇고. 역시 형은 로봇인거지?" 그렇다 나는 로봇이다. 아무런 감정이 없는, 있어서도 안 되는 로봇. 동생이 그 말을 하였던 날, 나는 단 1분도 잠을 이루지 못하였다. 그날은 정말 많은 생각을 하였다. 어쩌면 나는 태어난 것이 아닌 *만들어진 것일지도 모른다고. 나의 부모였던 그들이 나를 만든 것일지도 모른다고. 정말이지 너무나 혼란스러운 밤이었다. 내가 로봇이라는 가설에 더욱더 가까워지

11

는 듯했다. 실제로 내가 로봇이라는 물증은 그 어디에도 존재하지 않았다. 오히려 나는 다른 인간들과 너무나 똑같았다. 생김새는 물론이고 하는 행동, 겉으로 내보이는 감정들까지 그 무엇 하나 다른 것이 없었다. 그랬음에도 그들은 내게 '너는 사람이 아닌 것 같아' 라는 말들을 뱉어내곤 하였다. 어째서 그런 말들을 하는 것일까 아무리 생각을 해보아도 나는 딱 한 가지만을 유추해 낼 수 있었다. 내가 그들보다 잘하는 것이 많았기 때문에, 즉 그들보다 뛰어나기 때문에. 나는 그러한 그들은 이해해 보려 하였지만 이해할 수 없었다. 나로서는 도저히 그들을 이해할 수가 없었다. 나를 가장 혼란스럽게 하는 것은 *그들이 나와 다른 것이 아닌, 내가 그들과 다르다는 것이었다. 물론 그들이 나를 정말 로봇이라고는 생각하지 않는다는 것을 알고 있다. 인간들은 자신이 직접 본 것, 경험해 본 것만을 믿기 때문이다. 모든 것이 인간과 같은 로봇을 그들이 본 적은 당연히 없을 것이었다. 그들은 그저 나를 부러워하고 시샘하는 것일 뿐이었다. 하지만 나의 어린 동생은 그런 인간들과는 무엇인가가 달랐다. 그 *무엇이 무엇인지는 알 수 없으나 다르다는 것만은 알았다. 가끔 동생은 속을 알 수 없는 표정과 말을 하곤 하였다. 처음에는 동생이 나와 같은 것이라고 생각을 했다. 그런데 그런 내 생각은 완전히 잘못된 생각이라는 것을 얼마 가지 않아 알게 되었다. 동생이 우는 모습을 나는 보게 된 것이었다. 그 울음은, 그 눈물은 내것과는 완전히, 완전히 달랐다. 인간들이 가장 많이 보이는 감정이 바로 *슬픔이라는 감정이다. 나는 그때 진정한 슬픔이 무엇인지 알게 되었다. 하얗고 뽀얀 볼을 타고 내리는 그 눈물들은 너무나 아름다웠고, 경이로웠다. 운다는 것이 좋지 않은 것이라는 것을 알고 있었지만, 나는 넋을 잃은 채로 바라볼 수밖에 없었다. 그 이후로 나는 동생이 확실한 인간이라는 것을 알게 되었다. 나는 그때 또 생각하게 되었다. 동생이 확실한 인간이라면 내가 그 애의 형이 맞는 것일까 하는 생각을. 우리는 확실히 닮아 있었다. 하지만 닮은 것은 겉모습 뿐이었다. 누가 보아도 우리가 형제라는 것을 알 수 있었다. 그러나 그 외에 다른 것들은 모두 정반대였다. 나는 항상 조용한 편이었고, 동생은 언제나 활기찼으며 나서는 것을 좋아했다. 또한 동생과 나는 나이 차이가 꽤 많이 나는 편이었다. 동생의 나이는 8살, 나는 18살이었다. 동생은 나이에 맞지 않게 어른스러울 때가 많았다. 왜인지는 모르겠으나 단 한 번도 내게 투정 부리지 않았다. 동생을 데리러 유치원에 간 적이 있었는데, 동생의 나이만 한 아이가 부모로 보이는 사람에게 울고불고 난리를 치는 그 모습을 보고 내 동생과는 많이 다르다는 것을 알게 되었고, 그 이후에도 그런 모습들을 보고 이것이 정상적인 행동이라는 것을 알게 되었다. 그 이후로 동생의 모습을 계속해서 지켜보았지만, 단 한 번도 그 행동과 비슷한 짓도 하지 않았다. 물론 다른 사람들은 그 모습을 보고 좋아했지만 나는 그렇지 않았다. 다른 사람들은 다 하는 것을 혼자 하지 않는다는 것이 결코 좋은 일이 아니라는 것을 알기에 나는 동생의 그런 모습이 좋아 보이지 않았다. 그렇지만 나는 동생의 행동에 제재를 건 적이 단 한 번도 없었다. 모든 것은 동생의 자유였기에. 이러한 면에서는 또 동생과 나는 닮아 있었다. 역시 우리는 형제인 것일까 하고 생각하였다. 그렇게 생각 속에 잠긴 찰나 누군가 내 어깨를 툭툭 두드리는 것이 느껴졌다. "형!" 나는 감았던 눈을 천천히 떴다. 나를 부른 이는, "형! 민재 형!" 나의 어린 동생 김민수였다. 민수, 성은 김, '민'은 백성의 민자이고 '수'는 물 수라는 뜻으로 합리적인 사고방식을 하며 물처럼 흐르라는 의미를 가지고 있으며, 온화한 성격이라는 의미도 가지고 있다. 나의 어린 동생이 태어났을 때 부모가 말해준 것이었다. 나는 나의 어린 동생을 바라보았다. 동생은 나를 바라보며 웃고 있었다. 아주 맑게도 웃고 있었다. 나는 너무나도 건강해진 동생을 바라보았다. 나는 지을 수 없는 저 미소를 한참이나 바라보았다. 그렇게 몇 분이 흘렀을까. 동생의 말소리에 나는 퍼뜩 정신을 차렸다. 동생은 여전히 웃으며 말했다. "밖을 좀 봐봐 형. 눈이 정말 예뻐!"라는 동생의 말에 나는 천천히 고개를 돌려 창밖을 바라보았다. ..예뻤다, 아름다웠다. 하얗게, 하얗게 하염없이 내리는 눈들이 너무나도 아름다워, 나는 그것에 빨려 들어갈 것만 같아 서둘러 고개를 돌렸다. 동생은 여전히 나를 바라보고 있었다. "예쁘지?" 나는 천천히 답했다. "..응 예쁘네." 그 대답을 듣고 만족스러웠는지 기쁜 표정을 지으며 서재로 들어가 책을 꺼내곤 읽기 시작하였다. 동생은 활발한 성격과는 어울리지 않게 책 읽는 것을 좋아하였다. 나는 그런 동생을 보며 생각에 잠겼다. 동생은 확실히 다른 아이들과는 달랐다. 항상 밝은 모습이었지만, 또 언제는 어른스러운 모습이기도 하였다. 다른 아이들이 하기 싫어하는 것들을 동생은 항상 아무 말 없이 하곤 하였다. 또한 동생은 나만큼은 아니지만 모든 면에서 뛰어났다. 심지어는 나보다 잘하는 것도 있었다. 동생은 연기를 잘했다. 힘이 들어도, 화가 나도 항상 웃음으로 모든 것을 표현했다. 나도 이것을 깨닫게 된 지 얼마 되지 않았다. 그리고 동생은 매우 *잘생겼다. 나처럼 흔하게 생긴 얼굴이 아닌, 누군가가 아주 정성을 들여 만든 조각품 같았다. 남들이 흔하게 말하곤 하는 그 잘생김이 아니라 세상에 단 하나뿐인 그런 *잘생김이었다. 머리는 매우 부드러운 새까만 검정이었고, 눈은 맑아 보이지만 또 깊어 보였으며 코는 정말 조각 같았다. 또한 피부는 새파란 핏줄이 다 보일 만큼 투명한 하얀색이었다. 그것 때문에 병원을 가기도 하였다. 그것 말고도 동생은 병원을 많이 오갔다. 동생은 선천적으로 몸이 좋지 않았다. 그리고 부모가 사라지니 동생의 몸은 더 안 좋아졌다. 동생이 6살이었을 때 일어났던 일이었다. 유치원에서 돌아온 동생을 보았을 때 나는 놀라지 않을 수가 없었다. 코에는 휴지를 꽂고, 다리에는 멍이 있었기 때문이었다. 처음에는 그저 넘어진 것으로 여겼었다. 그러나 그것이 여러 번 반복이 되자 나는 생각을 할 수밖에 없었다. 결론은 누군가 동생을 의도적으로 때리고 있다는 것, 즉 괴롭힘을 당한다는 것이었다. 하지만 나는 의문이 생길 수밖에 없었다. 평소 친구들과 잘 지내고 있는 것을 본 것이 두 달도 채 되지 않았기 때문이다. 심지어 다른 아이들이 동생을 따라다니는 정도였다. 그랬었는데 괴롭힘이라니, 유치원에 질 나쁜 아이라도 있는 것일까. 나는 평소 동생에게 걱정이라는 감정을 가진 적은 거의 없었다. 동생 혼자서도 아무 문제를 만들지도 않았고, 설령 만든다고 하더라도 잘 해결해왔기 때문이다. 그렇게 생각하니 내가 나쁜 형인 것 같았다. 무관심으로 10살이나 차이가 나는 동생을 그냥 내버려 두는 나쁜 형. 어쩐지 가슴 속 깊은, 어딘지 알 수 없는 곳에서 파도가 치는 듯한 느낌이 들었다. 나는 잠시 가슴을 부여잡고 깊게 숨을 내쉬었다. 그제야 나는 깨닫게 되었다. 내가 그 시간 동안 숨을 쉬고 있지 않았다는 사실을. 7분이었다. 나는 숨을 헐떡이며 시계를 바라보았다. 동생이 돌아올 시간이 거의 다 되어 있었다. 눈을 깊게 감았다 떴다. 곧 평소와 같은 안정을 되찾을 수 있었다. 그렇게 의자에 앉아 동생이 들어올 때까지 아무런 생각도 하지 않은 채로 그저 가만히, 가만히 그렇게 멍하니 있었다. 유치원에서 돌아온 동생은 그런 나를 가만히 보다가 입을 열었다. "형." 나는 그제야 정신을 차리고 나를 바라보는 동생을 향해 고개를 돌렸다. 동생은 동그랗고 예쁜 눈으로 의자에 앉아 있는 나를 올려다보고 있었다. 동생의 눈은 이상하게도, 정말이지 이상하게도 깊었다. 그리고 그 안에 커다란 구멍이 보였다. 나는 손으로 눈을 비벼 보았다. 혹 내가 잘못 본 것일지도 모르니까. 나는 픽 웃었다. 그리고 동생을 자세히 바라보는데, 이번에도 다른 때와 다를 것 없이 다리에 멍이 들어 있었다. 나의 시선을 본 동생이 나를 향해 웃어 보였다. 그리고 잠시 후, 동생에게 물어보려던 그 순간 쿵 소리가 들리더니 동생의 몸이 바닥에 널브러졌다. 나는 아무런 소리도 내지 않은 채로 동생을 향해 천천히 다가갔다. 동생의 창백한 얼굴을 만져보았다. 너무나, 너무나 차가웠다. 나는 멍하니 그런 동생을 바라보다가 정신을 차리려 내 얼굴을, 내 손을 이용해 세게 후려쳤다. 그제야 정신이 맑아지기 시작하였다. 나는 서둘러 선반 위에 있는 휴대전화를 집어 들고 구급차를 불렀다. 그리고 인터넷과 학교에서만 보았던 응급처치를 난생처음 실천하였다. 구급차는 빠르게 도착하였다. 동생은 들것에 옮겨졌다. 나는 동생과 함께 구급차를 탔다. 구급대원은 여자 한 명 남자 두 명이 있었는데, 그중 남자 한 명이 나를 지긋이 바라보다가 망설이는 듯하더니 이내 입을 열었다. "저.. 괜찮을 거야 동생은. ...안색이 너무 안 좋아 보여서." 나는 그 말을 듣고 바닥에 고정되어 있던 머리를 들어 앞을 바라보았다. 모두가 나를 걱정스러운 눈으로 바라보고 있었다. 그제야 나는 창문에 비친 내 모습을 보게 되었다. 안 그래도 하얗던 얼굴이 이제는 정말 백지장처럼 하얗게 질려 있었다. 평소 무덤덤하던 나조차도 놀라지 않을 수가 없었다. 나는 한 손으로 얼굴을 덮었다. 그리고 얼마 안 가 병원에 도착하였다. 동생은 곧바로 응급실로 들어갔고, 나는 서류 작성을 마쳤다. 그리고 몇 시간이 흘렀을까, 동생의 주치의가 내게 다가왔다. 주치의의 표정은 상당히 어두웠다. 나는 불안했지만 티를 내지 않으려 노력하며 그의 말을 기다렸다. 주치의는 천천히 입을 열었다. "동생분은... 백혈병입니다." 나는 주저앉지 않기 위해 애쓰며 가만히 서 있었다. 지금은 그것만으로도 벅찼다. 주치의는 말을 이어갔다. "백혈병이 무엇인지는 아실 거라 생각합니다. 다행인 점은 아직 심한 증세는 보이지 않는다는 것입니다. 이렇게 빨리 발견하는 것은 정말 드문 일입니다. 그리고 또 하나, 동생분께서 쓰러지신 것에는 다른 이유가 있습니다. 과도한 스트레스. 이것이 원인입니다. 이렇게 어린아이가 그 이유로 쓰러지는 일은 잘 없어 놀랐지만, 오히려 다행이었다고 말할 수 있겠습니다." 나는 멍하니 그의 말을 듣고만 있었다. 백혈병과 과도한 스트레스, 단 한 번도 생각해 본 적 없는 병들이었다. 무엇이 동생을 그렇게 만든 것일까? 무관심한 내가 그 원인이었을까? 나 때문이라는 그 생각이 머릿속을 떠나질 않았다. 나는 떨리는 두 손을 꾹 쥐었다. 손이 부서질 것만 같았다. 어느 정도 길어진 손톱이 살갗을 파고드는 듯했다. 깊게 숨을 들이마셔 보았지만, 여느 때와 같이 쉽사리 안정되지 않았다. 손을 더 꽉 쥐었다. 그러자 피가 흐르고, 곧 안정을 되찾았다. 동생의 주치의는 바닥에 흐르는 피와 내 손을 번갈아 보더니, 놀란 표정을 짓고 나를 향해 다가왔다. "학생.. 괜찮아요. 자, 손을 치료해줄게." 주치의는 따라오라는 듯 나를 보았지만 나는 움직이지 않았다. 주치의는 그런 나를 잠시 바라보다가 입을 열었다. "동생분은 2시간 뒤면 깨어날 수 있을 겁니다. 그러니 서둘러 치료를 해야 하지 않겠어요? 자, 얼마 안 걸릴 겁니다." 나는 그를 향해 천천히 고개를 끄덕인 뒤, 그를 따라나섰다. 치료는 정말 얼마 걸리지 않았다. 주치의는 만족스러운 듯 나를 보았고, 그 옆에 있던 간호사들도 왠지 모를 흐뭇한 시선을 보내왔다. 나는 붕대를 감은 양손을 멀거니 들여다보았다. 치료는 순식간이었으나, 상처는 생각보다 깊었다. 나 자신의 몸에 상처를 낸 것은 이번에 처음이었다. 평소와는 너무나도 다른 오늘을, 나는 감당해 내기가 너무나 힘들었다. 나는 주치의에게 인사를 드리고 진료실을 나섰다. 동생이 있는 병실은 중환자실이었다. 나는 그 앞에 있는 주황색의 의자에 앉아 시간이 되기를 기다렸다. 그러고 가만히 있으니 천천히 눈이 감겨왔고, 점점 무거워졌다. 전날 밤잠을 얼마 못 잔 탓인 듯했다. 나는 원래 잠을 많이 자지 않는다. 여태껏 살면서 가장 오래 잔 시간이 5시간 정도이다. 잠을 잔다는 행위에 있어서 그다지 큰 의미를 부여하지 않았기 때문이다. 그런데 오늘은 이상하게도 졸렸다. 자고 싶다는 욕구가 생긴 것은 오늘이 처음인 것 같았다. 마치 눈에다가 커다란 돌멩이를 얹은 것 같은 느낌이었다. 나는 붕대를 감은 두 손을 들어 눈에다 대어 보았다. 졸지 않으려 하였지만, 눈은 점점 무거워졌다. 결국 나는 난생처음으로 졸아 버리고 말았다. 정말 잠깐, 아주 잠깐의 시간이었지만 나는 꿈을 꾸었다. 그것도 꽤 생생한 꿈을. 처음이었다. 꿈을 꾼 것은. 지금 내가 제정신이 아니기 때문인 걸까? 이 정도로 평정을 유지하기 힘들었던 적은 없었다. 그래서 난, 나 자신이 제정신이 아니라 판단하였다. 꿈속의 세상은 무척이나 신기하였다. 말로는 표현할 수 없는 신비함이, 그곳에 있었다. 사방이 온통 새까만 공간이었고, 바닥에는 조그마한 하얀색 점들이 일자로 길게 찍혀져 있었다. 꿈속의 '나'는 사방을 둘러보았지만, 그것 외에는 그 무엇도 '존재' 하지 않았다. 할 수 없이 '나'는 하얀 점들을 따라 걸었다. 그러나 아무리 걸어도 새까만 배경과 하얀 점들만 보일 뿐 다른 것들은 보이지 않았다. 그렇게 얼마나 걸었을까, 저 앞에 새하얀 빛이 보였다. 아니, 더 정확히 말하자면 빛으로 '보였다'. 그것은 새하얀 배경이었다. 그리고 바닥에는 검은 점들이 일자로 찍혀져 있었다. 그리고 또, 나는 걸었다. 간호사가 나를 깨우기 전까지, 동생이 깨어나기 전까지. "학생! 어서 일어나봐요! 동생분께서 눈을 떴어요!" 그 소리에 나는 퍼뜩 꿈에서 깨어났다. 그러곤 붕대를 감은 손으로 눈을 한번 꾹 눌러보았다. 정신을 차리기 위해. 그리고 간호사의 안내를 따라 파란색의 가운과 마스크, 하얀 장갑을 착용하였다. 2차 감염을 막으려는 조치라고 하였다. 나는 아무 말 없이 그저 간호사의 말에 따랐다. 간호사는 그런 나를 측은한 눈빛으로 바라보았다. "괜찮을 거예요. 검사 결과도 좋게 나왔다고 하니까, 금방 나을 수 있을 거예요. 자, 이제 들어가도 괜찮아요." 나는 여전히 멍한 상태로 간호사의 말에 따라 안으로 들어갔다. 안에는 하얀 비닐 막이 침대 주위 전체를 둘러싸고 있었고, 그 한가운데에 동생이 처음 보는 낯선 모습을 한 상태로 나를 바라보고 있었다. 나는 아무런 말도 할 수 없었다. 단순히 충격을 받아 그런 것이 아니었다. 죄책감과 알 수 없는 감정들이 속에서 휘몰아쳤다. 속이 뒤틀릴 것만 같았다. 나는 동생을 바라보았다. 동생의 얼굴을 본 나는 더 이상 제대로 서 있을 수가 없었다. 옆에 비치되어있는 의자에 의지한 채로, 그저 버티고 있을 수밖에 없었다. 동생은 웃고 있었다. 그 어느 날보다도 환하게. 나를 보며 미소 지었다. 어여쁜 동생의 미소는 그 어느 때보다도 빛났다. 내 눈에서는, 어느새 눈물이 흐르고 있었다. 어째서인지, 왜 내가 인간과 다를 것 없이 눈물을 흘리고 있는 것인지, 나는 알 수 없었다. 동생은 놀란 기색 하나 없이 그저 나를 바라보며 아름다운 미소를 보여주었다. 나는 처음으로 사람다운 눈물을 흘렸고, 처음으로 내가 사람과 같다 느꼈다. 의자에 기대고 있던 몸을 바로 세우고, 천천히 동생에게로 다가갔다. 동생은 산소마스크를 착용한 상태로 움직일 힘이 조금도 없어 보였다. 나는 오른손을 으스러지도록 꽉 쥔 채로 동생을 향해 발걸음을 옮겨갔다. 동생은 단 한 번도 내게서 눈을 떼지 않았다. 나는 그것에 가슴 속 어디에선가 커다란 일렁임이 생기는 것을 느꼈다. 마침내 나는 동생의 얼굴을 마주했다. 우리는 그렇게 한참을 서로를 마주 보았다. 아무런 말도 하지 않은 채 서로를 바라보기만을 하며 시간을 흘려보내기를 계속해서 하던 그때, 동생이 입술을 천천히 움직였다. 소리가 작아 잘 들리지는 않았지만, 최선을 다해 그 작은 소리에 귀를 기울였다. 바싹 말라버린 조그마한 입술이 조그마하게 움직였다. "형... 나는 괜찮아.. 하나도 안 아파... 그러니까... 그러니까.. 울지마 형.." 나는 동생의 그 말에 심장이 찢어지는 것만 같았다. 너무나 아파서 아무런 말도 할 수가 없었다. 꽉 쥐고 있던 오른손을 들어 가슴을 붙들었다. 이렇게라도 하지 않으면 정말로 내 안의 모든 것들이 모조리 부서져 버릴 것만 같았기에 나는 필사적으로 가슴을 부여잡았다. 지금 내가 무얼 하고 있는 것인지, 무얼 해야 하는지 나는 알 수 없었다.

그저 부서져 버릴 것 같은 몸을 붙들고, 부서져 버릴 것 같은 정신을 유지하려 하는 일만을 하고 있을 뿐이었다. 그렇게 얼마의 시간이 흘렀을까. 온전한 정신을 찾은 그 무렵 동생은 색색 여리디여린 숨소리를 내뱉으며 잠에 빠진 채 더 이상 나를 바라보고 있지 않았다. 나는 그런 동생에게 아무런 행동도 할 수 없었고, 아무런 말도 해줄 수 없었다. 천천히 병실 밖을 나왔다. 앞에서 대기 중이던 간호사가 나를 보며 놀란 표정을 지었지만 나는 개의치 않고 병실에 들어올 때 입었던 가운과 장갑, 바스크를 벗어 간호사에게 주었다. 그러곤 화장실을 향했다. 거울에 비친 나의 모습은 단 한 번도 본 적 없는 모습이었다. 눈물과 콧물로 얼굴이 뒤덮여 있었다. 나는 그런 내 모습을 보며 설핏 웃었다. 나는 덜덜 떨리는 오른손을 들어 물을 틀었다. 시원하게 쏟아져 내리는 물들이 어쩐지 자유로운 존재처럼 보였다. 살아있는 존재처럼 느껴졌다. 이제는 내가 미쳐버린 건가, 하는 생각을 하며 세수를 해보았다. 시원했다. 너무나도 시원해서 온몸이 풀어졌다. 나는 그제야 깨닫게 되었다. 내 몸이 마치 돌과 같이 굳어져 있었다는 것을. 나는 여러 번의 세수를 하였다. 이제는 떨리지 않는 오른손으로 물을 꺼 보았다. 그러자 순식간에 주변이 조용해졌다. 나는 새빨개진 눈을 한번 본 뒤 마음을 다잡고 화장실 밖을 나섰다. 다시 한번 병실로 가 동생을 만나고 싶었지만, 오늘은 더 이상의 만남이 가능하지 않다고 아까의 간호사가 내게 말해주었다. 나는 오히려 다행이라고 생각하였다. 마음을 다잡기는 하였지만, 동생에게 어떠한 말을 해야 할지는 생각하지 않았기 때문이었다. 나는 홀로 집을 향했다. 집으로 들어서니 이렇게나 썰렁한 곳은 처음이라는 생각을 가장 먼저 하였다. 동생의 빈자리가 너무나도 커다랗게 느껴졌다. 아무런 소리도 들리지 않았으며, 아무도 있지 않았다. 오직 나만이 그토록 썰렁한 집에 남겨져 있을 뿐이었다. 가슴이 조금 아파져 왔지만, 동생의 병실 안에서 느꼈었던 그 아픔까지는 아니었다. 그저 지금은 지독한 고독만이 나를 가득 채울 뿐이었다. 내 몸은 아까의 동생보다 더 차가워져 있었다. 집도 너무나도 썰렁해서 온몸에 오한이 들었다. 나는 천천히 몸을 움직여 나의 방으로 향했다. 곧바로 침대 위에 누워 잠이 들기만을 바랬다. 하지만 잠은 내게 와주지 않았고, 나는 그렇게 뜬눈으로 밤을 지새웠다. 아침의 해는 야속하게도 눈부시게 빛나고 있었다. 눈이 저절로 찡그려졌다. 찌뿌둥한 몸을 일으켜 책상으로 향했다. 책상에는 동생이 유치원에 다녀와 처음으로 내게 준, 나를 그린 그림이 놓여 있었다. 유치원생이 그린 그림이라기에는 너무나 깔끔하고 잘 정돈이 된 상태였다. 다른 누군가가 이 그림을 본다면, 절대 유치원생이 그린 것이라곤 생각하지 못할 것이다. 그럼에도 나는 이 그림이 동생의 그림이라는 사실을 알 수 있다. 손이 작아 조금씩 구부러진 선들과, 번진 색체들이 그 그림은 김민수의 그림이라고 말하고 있었다. 나는 이 그림이 내게 있어서 그 무엇보다도 소중하다는 것을 지금에서야 깨닫게 되었다. 이 얼마나 한심한 일인가, 하는 생각을 하며 그 자리에 누워 내일이 오기만을 바라며 눈을 감았다. 뜨거운 해가 내 얼굴을 비춰왔다. 나는 믿을 수 없었다. 잠에서 깨어 이렇게나 뜨거운 빛을 맞이한 것은 지금 이 순간이 처음이기에, 이렇게나 깊은 잠을 잔 것은 처음이기에 나는 또 한 번 뜨거운 눈물을 흘렸다. 그리고 곧장 일어나 병원으로 달려갔다. 밖에는 새하얀 눈이 펑펑, 아주 펑펑 내렸다. 나는 그것을 전혀 신경쓰지 않았다. 아니, 신경 쓸 수 없었다. 눈물은 계속해서 흘러나왔고, 나는 그것을 자각하지 못했다. 주변이 보이지 않았지만, 내 다리는 내 발은 마지 길을 알고 있는 것 마냥 끊임없이 앞을 향해 나아갔다. 나는 잠시라도 멈추지 않았다. 모든 걸 깨달은 나에게 멈추는 선택지란 없었다. 지금 내게 주어진 선택지는 단 하나였다. 달리는 것. 이것 하나만이 나의 목표였다. 병실에 오니 동생이 아주 큰 눈을 하며 나를 바라보았다. 나는 창피함도 모른 채 동생을 끌어안았다. 동생은 아마 처음 볼 것이다. 산발이 된 머리와 어제 입었던 옷, 슬리퍼 차림.. 그리고 가장 큰 것은 눈물과 콧물로 범벅이 되어버린 얼굴이었다. 동생은 처음에는 그 어느 때보다도 놀랐으나, 곧 그 작은 손으로 내 등을 살며시 위로해주듯 토닥였다. 나는 하염없이 눈물을 흘렸다. 눈물을 멈추는 방법을 모르는 갓난아이처럼 몇 시간이고 울어댔다. 그리고 내가 눈물을 멈추었을 때, 그칠 줄 모르고 내리던 눈이 멈추었다. 뜨거운 햇살이 우리를 비추었고, 우리를 감싸주듯이 주변을 따뜻하게 만들어주었다. 나는 처음부터 알고 있었는지도 모른다. 내가 로봇이 아닌 인간이라는 것을. 너무나 당연한 사실임에도 나는, 내가 그런 나약한 인간이라는 것을 부정하고 싶었는지도 모른다. 어쩌면 나는 동생보다 더 여린 인간일지도 모른다. 모든 걸 다 내려놓고자 했지만, 동생은 그런 나를 다시 일어나게 해주었다. 나는 그런 동생을 사랑하지 않을 수가 없었다. 내가 언제라도 또 이렇게 무너진다면, 또 지금처럼 동생은 날 일으켜 줄 것이다. 동생은 아마 영원히 나보다 더 인간일 것이다. 날 보는 동생의 눈빛이 너무나도 아름다워서 나는 눈을 찡그렸다. 눈이 부시게 반짝이는 동생을 나는 제대로 볼 수 없었다

욕심

이건희

인간은 욕망하기에 지금까지 수많은 것들을 이뤄왔다. 더욱 편안하고 빠른 것을 바라 마차를, 여기서도 모자라서 자동차를, 만족 할 줄을 모르고 자율주행 자동차를 만들었다. 이처럼 인간의 삶을 극도로 편하게 만들어준 경우도 있지만 그렇지 않은 경우도 수두룩하다. 활, 총, 미사일, 핵폭탄..... 기타 등등 인류는 서로를 상처 입히고 빼앗기 위해 더욱 큰 화력을 추구해왔다.

이로 인한 결과는 근처 섬나라와 역사가 말해주듯 영 좋지 않은 결과를 만들어냈다. 상반된 결과가 욕망이라는 같은 이유로 생겨났다. 욕망이 마냥 나쁜 것은 아니지만 과도한 욕망은 돌이킬 수 없는 일을 만들어 낼 수도 있다.

나처럼.

오늘은 하늘에서 비가 쏟아지던 날이었다. 색이 진해진 아스팔트 도로에 발을 내딛을 때마다 신발에선 첨벙첨벙, 양말에선 질척질척. 흡사 젤리 위를 걷는 느낌에 기분이 몹시 불쾌했지만 집까지 얼마 남지 않았기에 꾹 참고 마구 뛰어갔던 기억이 났다. 조금만 참고 천천히 걸어갔더라면 아무 일도 일어나지 않았을 지도 모른다. 그래, 조금만 참았다면 말이다. 나는 그저 집에 빨리 가서 샤워를 하고 싶다는 생각에 뛰어가던 중 내 발에 걸렸는지 아니면 비에 미끄러졌는지는 모르지만 넘어져버렸다. 느리면서도 빠르게 묵빛 지면과 가까워져 간다.

어째서인지 어렸을 적에 아이스크림을 너무 많이 먹어서 배탈이 난일, 시험 점수를 숨겼다가 부모님께 혼난 일 등 여러 가지 기억들이 빠르게 약 19년 정도된 나의 오랜 친구, 나의 대뇌 그래픽 카드에서 스쳐 지나갔다. 심지어 오늘 아침에서 잠깐 본 78년 만에 식물인간상태에서 돌아온 어떤 남자에 대한 보도가 지나갔다.

'내 뇌, 아직 쓸만했구마잉!'

내가 이것이 주마등이란 것을 깨달았을 때에는 이미 나는 넘어져서 극심한 고통을 느끼고 있었고 이후에는 눈 앞이 깜깜해지는게 무엇인지 실시간으로 알 수 있었다. 정신을 잃기 바로 직전 흐릿한 문구가 보였던 것 같다.

'■■■, 향년 19세 하찮은 욕심을 부리다가 빗길에 미끄러져서 머리가 깨져 보잘 것 없는 생을 마감하다'

내가 정신을 차리고 나서 처음 본 것은 압도적인 백색 그리고 중간중간에 박혀있는 흑색 무언가였다.

'시방, 이게 뭐시여.'

처음에는 흰색 때문에 병원인줄 알고 의사 슨상님을 보면 살려줘서 고맙다고 그랜절을 박으려 했지만 안타깝게도 현대의학의 패배 인듯하다.

나는 절망했다. 아직 해보지 못한 일이, 게임이, 산더미인데……! 내가 산 삼전 주식이 오르는지 봐야되는데, 군대도 가야ㅎ… 아니지 이건. 죽어서 좋은 점보다 후회되고 미련남는 일이 더 많은 이런 비인간적인 일이 생기다니. 따흐흑, 이게 빠른 귀가를 바라던 사람의 말로인건가? 찝찝해서 빨리 가고 싶던게 죄였던 건가? 니체, 당신이 옳았다. 신은 없다. 빨리 가겠다는 욕심 좀 부렸다고 사람을 죽게 내버려 두다니 신은 없거나 아주 싹퉁바가지 없는 놈이 분명하다. 양심이 있다면 나를 살려라.

'꺼이꺼이, 불쌍한 내 인생…….'

아니지, 불쌍했던 내 인생 그리고 불행한 지금이 맞겠지.

나는 내가 죽었다는 사실을 받아들이기 싫어 있는지 없는지도 모를 신을 원망하거나 인생에서 후회했던 순간을 곱씹어 보며 몸을 뒤틀던 중 문득 의문이 생겼다.

'내가 죽어서 여기 있는거라면 다른 사람들은 어디있지?'

물론 나를 포함한 모든 사람들은 죽으면 어떻게 되는지 모른다. 그냥 천국에 간다느니 저승에 간다느니 사람들 사이에서 믿을 뿐이다. 그렇다 해도 이건 좀 이상하다.

나의 정확한 배꼽시계에 따르면 내가 깨어난지 약 6시간 17분 39초 정도가 지나갔다. 만약 저승, 천국 같은 사후세계라면 천사나 저승사자가 오고도 시간이 남아서 식사에 커피까지 때리고도 여유를 부릴 정도다.

이것도 사람의 관점에서 말하는 거지만 심신미약 상태인 나에게 의문을 품고 움직이게 할 원동력을 주었다. 나는 아마도 죽지는 않았을 것이다. 라는 희망을 심어주었다.

'그려, 이런 허여멀건 꺼림칙한 곳에 널브러져 있으면 안뎌'

나는 힘세게 강하게 자리에서 일어났다.

추측컨대 내가 죽은 게 아니라면 여기는 아마 꿈이나 무의식 비슷한 그 무언가 일거라 생각한다. 사실 잘 모르겠다. 오히려 잘 아는 놈이 이상한 거다. 사람이 죽었는지 아니면 그냥 꿈인지 아는 놈이라니, 그저 무서울 따름이다.

여튼 지금 나는 무작정 걷고 있다. 그냥 걷다보면 뭐라도 나오겠거니 하면서 그저 하염없이 걷고 있다. 나의 배꼽시계를 통해 알아낸 사실인데 여기서는 벌써 3일하고 조금 더 지나갔다. 물도 마시지 않고, 밥도 먹지 않고, 잠을 자지 않고도 3일 동안 쉬지 않고 걸을 수 있으니 분명 현실은 아닌 듯 하다.

매일매일 누가 청소라도 하는지 먼지 한 톨 없는 새하얀 공간을 걸은 지 3일 정도 지나니 여기도 꽤나 익숙해졌다. 처음에는 강렬한 흰색 때문에 눈이 피로했지만 중간 중간에 있는 검은색 구조물 덕에 그나마 적응한 것 같다. 딱히 문 같은 것도 보이지 않고 생긴 것도 제각각 다르게 생겼다. 그래서 걷다가 가끔씩 기대서 쉬는 휴게소 정도라 생각하고 있다. 지금도 이 구조물에 기대서 잠깐 기대서 쉬고 있다. 몸은 안 힘들어도 정신이 힘들다. 처음엔 갑자기 벽이 슉슉 틈새가 갈라지며 변신하며

'아임 옵띠머수 쁘라임' 이라 말하는 쓸데없는 상상도 해보았지만 꿈이라서 무슨 일이 생겨도 상관없다는 결론에 도달했다. 사실상 무해하고 나의 휴식처가 되어준 이 구조물에게 별명을 지어주었다. 이 귀여운 구조물에게 깜둥이라는 별명을

지어주었다. 인종차별 아니다. 옆집 고양이의 이름을 그대로 따온 아주 센스 있고 교양 있는 이름이다.

'이제 부터 니 이름은 깜둥이여, 알긋지?'

깜둥이도 마음에 들었는지 늘 그래왔듯이 아무 말도 없었다. 침묵은 궁정이라는 말도 있으니, 분명 마음에 든 것 이다. 벽도 아마 비슷할 거라 생각한다. 나는 깜둥이에게 기댄 채로 잠시 눈을 감았다. 이러다가 자면 무슨 일이 생길지 궁금해졌다. 꿈에서 꿈을 꾸면 죽거나 귀신을 본다는 괴담이 있지만 나는 상남자 중의 상남자라서 그런 건 신경 쓰지 않는다. 호기심이 고양이를 죽인다는 말이 있지만 나는 사람이라서 괜찮을 거다.

결과는 아쉽게도 아무 일도 없었다. 괴담은 그저 괴담이었을 뿐이었다. 귀신은 없었다. 나는 귀신을 만나지 못해 깊은 실망감을 안고서 자리에서 일어났다.

그러던 중 내 손에 무언가 잡혔다. 낡은 공책이었다.

소름이 우수수 돋았다.

분명 어제는 아무것도 없었는데, 지금 깨어나서 보니 갑자기 생겼다.

'시방, 귀신은 있었구만유..'

꿈에 나오는 귀신이라니 압도적 공포다. 나는 미지에 대한 공포를 느끼며 동시에 어째서인지 꼭 열어야만 하는 강박을 느꼈다. 손을 벌벌 떨면서 너덜너덜해진 표지를 넘겨보았다.

"××13년 6월 ××일

낙지를 먹다가 목이 막혀 정신을 잃은 것이 기억이 난다.

맛있어보여서 잘 안 씹은 일이 화근이 된 듯하다.

위를 보아도 흰색

아래를 보아도 흰색

옆을 보아도 흰색

정신이 나가버릴 것 같다.

눈을 감아도 앞이 밝다.

다른 색을 보고 싶다."

...아무래도 다른 사람도 여기에 왔었던 것 같다. 읽다보면 얻을 만한게 있을 것 같다. 나는 약간의 기대감을 가지고 나머지 페이지를 읽기 시작했다.

"××13년 11월 ××일

나의 천재적인 숫자세기를 통해 여기서 다섯 달이 지났다는 사실을 깨달았다.

이 공간에도 변화가 생겼다. 검은색 무언가가 갑자기 솟아올랐다. 나에게는 반가운 사실이었다. 흰 색 말고도 다른 색을 볼 수 있다는 게 너무나도 기뻤다. 며칠간 이 구조물들을 세심하고 열정적으로 관찰해 본 결과, 이 물체들이 글자라는 것을 알 수 있었다. 심지어 한글이다. 나는 이 공간에서 빠져나가는데 이것들을 활용해야 한다는 것을 알 수 있었다. 드디어 나갈 수 있는 실마리를 발견한 것이다! "

이분이 처음 왔을 때는 깜둥이가 없었구나, 아무래도 깜둥이를 좀 더 자세히 볼 필요가 있겠다. 이 뒤로 일기장을 계속 읽어 보았지만 그는 아무래도 긴 시간 동안 여기서 깜둥이에 대해 연구했지만, 별다른 소득을 보지 못한 듯하다.

.... 어쩌면 나도 이렇게 오래 있을지도 모른다.

"××91년 2월 ××일

몇 십 년 동안 이곳에서 다양한 시도, 연구를 행했지만 바뀌는 것은 없었다. 사실 이곳은 나를 괴롭히기 위한 누군가의 지독한 악의가 아닐까? 오직 나만을 가두기 위해 이런 곳을 만들다니 참 대단한 사람이다. 나도 지쳤다.

.... 조금 화가 난다. 이 정도까지 했으면 내보내 줬으면 한다. 젠장, 이게 다 저 검은색 물체 때문이다. 저런 것에 매달려서 허비한 시간이 아깝다. 내일 당장 부셔버리겠다."

일기는 여기서 끝이 났다. 정황상 그는 여기서 나가기 위해 사실상 모든 일을 해보고 포기한듯하다. 아마 껌둥이를 부시고 자기도 스스로 목숨을 끊었겠지. 안타까우면서도 동시에 나에게도 생길 수 있는 일이기에 정신이 번쩍 들었다. 일기를 보았지만 유용한 정보는 없었고 도리어 긴장감만 얻었다. 별로 좋지 않다. 그래도 포기해서는 안된다. 넘어져서 죽다니 너무 아깝다. 지금이라도 꿈에서 깨어나 119에 전화해야 한다.

'시방, 이런 곳에서 죽을 수는 없다야'

나는 굳세게 너저분한 감정을 털어버리고는 다시 고민에 빠졌다.

여기에 먼저 왔던 사람이 뇌가 장식이 아니었다면 그 긴 시간 동안 내가 생각할 만한 일들은 전부 해봤을 거다. 껌둥이에게 칭찬을 해본다던가, 제사를 지내본다든지 말이다.

그렇기에 그가 안 해본 일은 아무래도.... 부수기다.

일기에서 그는 껌둥이가 부서져서 여기서 나가지 못 할 까봐 최대한 껌둥이를 보존하는 방향으로 일을 행했고 마지막으로 모든 희망을 버리고서 껌둥이를 부셔버렸다.

그 뒤로 일기가 더 이상 작성되지 않은 걸 보니 무슨 일이 생긴 게 분명하다. 여기서 나간 것인지 아니면 죽었는지는 알 수 없지만, 나는 "빨리" 나가고 싶다.

당장 나가서 치료도 받고, 밥도 먹고, 게임도 하고, 공부도 해야 한다. 이렇게나 할 일이 많고 바쁜 사람이 나인데 당장 여기서 나가야 한다. 나는 자세를 잡으면 깜둥이를 바라보았다. 짧고도 긴 시간동안 나에게 안식처가 되어 준 깜둥이에게 미안한 마음이 들었다. 마음 같아서는 내버려 두고 싶지만 어쩔 수 없다.

'미안타, 아그야 날 원망해라'

나는 흑요석처럼 빛이 나는 깜둥이에게 정권을 날리고, 발로 짓밟았다. 마지막하나까지 전부. 물론 내가 더 아팠다.

눈에 보이는 모든 깜둥이를 다 부셨다. 나는 대자로 뻗었다.

아무일도 생기지 않았다. 이럴 줄 알았으면 안 부셨을 텐데.

눈에서 물이 흐른다

'영락없이 이런데서 죽게 생겼구만'

나는 눈물이 앞을 가려 잠시 눈을 감았다.

기적이 일어났다

더 이상 흰 공간이 아니었다. 아니지 흰 공간은 맞지만 여러 가지 물건들이 보인다, 가습기, 의자, 침대, 링거 그리고 다른 사람들까지. 돌아왔다. 이유는 모르지만 그건 별로 중요하지 않았다 내가 아직 살아있고 이를 생생히 표현 할 수 있으니 말이다

'끼에에에에에에에에에엑-!!'

너무나도 기쁜 나머지 크고 우렁차게 함성을 내질렀다. 이 때문에 의사 슨상님도 다른 환자들도 나를 이상한 눈빛으로 보았지만 별로 신경쓰지 않았다. 내가 깨지도 않는 꿈에서 일어난게 더 중요하다.

후에 의사 슨상님께서 말씀하시길 나는 정말로 뚝배기가 깨졌다고 한다. 두개골에 금이 갈 정도의 큰 충격이 뇌에 전달되어서 사흘 넘게 의식을 잃고 있었다고 한다. 미묘하게 꿈의 시간과 일치한다.

나의 꿈 속 망상이 아니라 진짜로 지옥에 갔었던 것 같다. 지금 생각해보니 무섭다. 다행히도 나는 누군가의 일기장 덕에 빠르게 탈출 할 수 있었지만 만약에 그러지 못했을 때를 생각하니 소름이 돋는다. 누구신지는 모르겠지만 감사합니다.

오랜만에 보는 하늘은 구름 한 점 없이 맑았다. 끝이 보이지 않는 바다처럼 하늘이 넓게 펼쳐져 있다. 정말 반가운 모습이다.

'하늘이 참 맑구마잉'

<작가의 말>
이 소설은 작가가 작년에 집에서 뒤로 넘어졌을 때의 일이 문득 생각이 나서 쓰게 되었습니다. 당시의 저는 화장실에 수건을 가지러 가고 있었는데 뛰어 가던 중 뒤로 넘어졌습니다.

다행히도 죽지는 않았고 며칠 뒤통수가 아픈 걸로 끝났지만 어쩌면 저도 소설의 내용처럼 병원에 실려 갔을지도 모르는 일입니다.

여러분들은 저랑 다르게 다소 천천히 가더라도 욕심 부리지 않고 차근차근히 살아 가셨으면 좋을 것 같습니다.

뒤로 넘어져서 큰일 날 수도 있으니까요.

마침표.

박수민

작가의 말

안녕하세요. 박수민입니다.
저의 이야기에 찾아와 주셔서 감사합니다.
이번에 처음으로 출판하게 된 제 '마침표'는 최대한 자유로움을
담으려고 노력했습니다.

저는 그대들이 저의 책을 읽고
최소한의 영향만을 받기를 원합니다.

저의 책은, 저의 이야기는 여러분들에게
삶의 방향을 제시하는 책이 아닌
정말 저란 사람을 담은 책입니다.
그렇기에 이 책의 제목이 마침표인 이유도 그렇습니다.
저는 주로 새벽에 생각을 정리하는 글을
적는 것을 좋아하곤 했습니다.

'마침표'는 제가 사랑에 대해 고민을 하고...
사색을 좋아하는 제가 생각이 떠오를 때마다
정리하여 적은 글을 담았습니다.
그래서 마침표인 이유도 이러한 부분에서 따와
제목으로 선정하게 되었습니다.
개인적으로 저는 그대들이 이 책을 접할 때만큼은
최대한 자유로웠으면 좋겠습니다.

세상의 억압에서 벗어나고 도시의 소음에서 벗어나면서요.

그대들의 감정선이 일정하지 않을 때
무언가 쉬는 타임이 필요로 하실 때
제 책을 읽어주셨으면 좋겠습니다.

저는 욕심일 수 있겠지만...
제 책이 그대들에게 따스함과 위로와 사랑을 주길 바랍니다.

각자가 살아온 삶은 다 다를 것이고
각자만의 깊이가 있을 것이기 때문에
저란 사람은 이런 인생을 살아왔고,
이런 부분에서 이런 생각을 하며 감정을 느꼈다.
너희는 어때? 이런... 소통하는 책을 만들었습니다.

딱딱한 책에서 끝나는 것이 아닌,

독자와 소통하고,
위로하며, 사랑을 나누는,
살아 숨 쉬는 책을 만들고 싶었기에
그 부분에 집중하셔서 읽어주시면 감사하겠습니다.

사랑합니다. 사랑해요.

'마침표'는 네 종류로 나눌 수 있습니다.

제가 쓴 시와

사랑에 대한 부분

사색 자체를 담은 부분

저를 담은 부분

이렇게 네 종류로 나누어 이야기가 진행될 것입니다.
또한, 그대들과 소통하고 싶은 마음에...
제 이야기 뒤에 질문들도 몇 가지 남겨 놨으니

질문에 대한 답을 하며,
'나' 자신에게 집중하는 시간을 가져도 좋으리라 생각합니다.

또... 제게도 공유해 주길 소망합니다.

그럼 제 이야기를 즐겨주시길!

마침표

차례

작가의 말

1부: 시

2부: 사색

화분
새벽이란 사람이 되는 것
산다는 건 그리고 앞으로 나아가야 한다는 건
미워하지 못하는 것에 있어 우리는 우유부단함이라고 부른다
행복하지 마세요
저는 그냥 살아요 아무 이유 없이
높지도 낮지도 않은 딱 미지근한 정도로만
속세를 벗어나 자유를 만끽함이 주는 행복감을 아시는지요
계절이 주는 힘
사랑의 정의란

3부: 사랑

연명이란 네게 가장 어울리는 단어였어
순정
인연과 만남, 영원의 부재
너라는 책장
여름이란 계절을 사랑하거든요
미야자키
J
주체와 주체 관계
당신의 창작물을 저에게 준다는 건 사랑인가요?
같은 시간에 찾아오는 건 너무하지 않나요 그러면서도 가끔씩은
그리워

4부: 박수민

내가 무기력과 불안을 이기는 법
방어기제
사과가 되지 말고 도마가 되라
나를 사랑하는 법_어째서 나를 잊어버렸나
우아한 와인을 마시는 이의 표정은 어떠할까
과거 속에 산다는 것
매일 밤 자기 전에 새기던 말
커피 여섯 잔은 무리인가 봐요
어릴 땐 내 세상이 제일 큰 줄 알았는데
사랑받는 사람이 되고 싶었어요
모순
바다
어린 애정 (부제: 서툰 애정)
이젠 소문자가 되어버린 당신에게
내가 사랑하는 그대들에게

마무리

작가의 말

Plastic love

–

–

Plastic love.

Plastic love.

Plastic love.

Plastic love.

Plastic love.

Plastic love.

Plastic love.

Plastic love.

What.

What.

What.

What.

Who?

That.

...

Why.

Why.

Why.

바뀌기 쉬운 사랑.

만들기 쉬운 사랑.

진실하지 못한 사랑.

사랑이란 단어는 아름답기 그지없는데

왜,

의미는 아름답지 못한 거야.

저 부가적인 요소가 뭐가 중요한데?

아름다운 걸로

남아있을 순 없나.

사랑은 사랑.

형용할 수 없는.

그냥 사랑은 사랑.

아름다운 건 소멸하기 쉽다던데

그래서 plastic love인 거야?

만들기도 쉽고, 바뀌기도 쉽고,
진실하지도 못한

그런 사랑을 해온 거였어?

그런 사랑을 하기 위해 지금까지
달려왔던 거야?

내가 생각한 plastic love는 좀 달라.

일상에서 보기 쉬운.

하지만 재활용되긴 어려운.

그런 게 내가 생각한

Plastic love.

연소하지 않아.

재활용이 어려워.

한번 시작하면 끊을 수도 없지.

이미 우리 일상에 녹아있는 너잖아.

Plastic love.

아름답기도.

가혹하기도.

미련 가득한.

그런 더러운 사랑.

Plastic love.

나의 지구야

-

-

너는 지구, 나는 달.

넌 나를 사랑한다고 말해.

그러면서 항상 곁들이는 말은

달만큼 날 사랑한다나 뭐라나.

그런데 사실 달이 지구 주위를 도는 건

아는지 모르겠어.

달은 지구 주위를 도는데

지구와 평행해서 만나지 못한대.

달은 평생 지구 주위를 떠돌겠지만

지구는 모르겠지.

근데 달은 후회 안 해.

달이 지구를 돌기 때문에

지구 네가 빛날 수 있는 거니까.

달이 없었으면 1년을 열두 달로 나누지도 않았을 거고

캄캄한 밤이 되어 사랑하는 사람이

달빛을 그리며 속삭인다든가.

사람들이 소원을 빌거나 할 낭만의 대상이

없어져 삭막해졌을 테니까.

그러니 지구인 네가 나를 더 사랑했으면 좋겠어.

평행해서 만나지도 못하니까

이 정도 이기심은 부려도 괜찮잖아.

네가 날 생각하면서 밤을 지저귀는 걸 상상해.

물론 지구인 넌 나를 보지 못할 테지만.

1부:시

Photon ring

-

-

모두가 하얬다. 여기엔 색상이 없었다.

그러니 검은 너에게 더더욱 눈을 뗄 수 없었다.

온통 흰색뿐인 공간 안에서 너만이

검은색을 가지고 있었다.

그래서 너에게 꽂혔다.

하얀 도화지 안에 검게 물든 너를 보는 난

점점 네가 궁금해졌다.

그래서 네 주위를 맴돌았다.

왜 너만 검은 것인지, 왜 너만 우리와 다른 것인지.

너를 바라볼수록 너에게 가까이 가는

나를 발견할 수 있었다.

참 웃기지도 않는가.

밝은 명도 차이로만 따지자면

내가 너보다 밝은데도, 오로지

검은 너만이 내 눈에 띄는 것이.

우리보다 검은 너였지만, 그 검은 너만이 돋보였다.

우리와 다른 네가 신기했고, 우리보다 검은 네가 좋았다.

너와 조금이라도 가까워지고 싶은 마음에

떨리는 마음을 뒤로 하고 너의 주위를 돌았다.

돌기만 하는 나를 네가 조금이라도 봐주기를

바란 나였지만, 애석하게도 검은 넌

밝은 내가 보이지 않는 듯했다.

하지만 나는 오로지 네 주위를 돌았다.

나의 말도, 나의 모습도 보지 못한 너였지만

나는 오롯이 네 주위만을 돌았다.

눈앞이 희미해질 만큼, 시간이 얼마나 흘렀는지도

모를 만큼 네 주위를 돌았다.

그렇지만 너는 나를 볼 수 없었다.

아! 이게 무슨 일인가.

밝기만 하던 내가 점점 바래간다.

그래도 괜찮았다 네가 나를 볼 수만 있다면

난 괜찮았다.

난 끊임없이 네 주위를 돌았다.

점점 네 주변을 돌수록 나는 얇고 희미해져만 갔다.

끊임없이 나는 네 주위를 맴돌았다.

아! 드디어 나도 너와 같은 검은색이 되었다.

이제 너는 나를 볼 수 있다.

나는 그거면 됐다.

1부:시

팔레트엔 수많은 색이 존재해

-

-

조그만 싹에서 오해가 피어나

버거울 만큼 커지는 걸 볼 때면

팔레트가 생각난다.

팔레트에는 여러 색을 담을 수 있는 칸이 존재하는데

그 많은 칸에 내가 좋아하는 색들로
가득 채울 수 있지만

그 많은 색을 사용하다 보면 보라색이 파란색과 섞이고

검은색이 흰색과 섞여버리는 것처럼 내 의지와 다르게

전혀 다른 색들이 나오곤 만다.

내가 좋아했던 색들은 온데간데없고

생뚱 처음 보는 색들만이 팔레트 위에 놓여있다.

내가 좋아했던 건 검은색이었어.

내가 좋아했던 건 보라색이었어.

내가 좋아했던 건 파란색이었어.

처음 싱그럽고 온전했던 나의 색들이

뒤덮이는 걸 볼 때면 금방이라도 울 것 같지만

우리에겐 물이 있잖아.

아무렇지 않은 듯 흘러내리는 저 물이

섞여버린 우리의 색들을 저 밑으로

흘러버려 줄 거야.

그럼 우린 또다시 우리의 색들로

온전하게 우리가 짜고 싶은 색들로

팔레트 위에 담으면 돼.

팔레트엔 수많은 색이 존재하니까.

푸를 청
靑

-

-

푸를 청.
내가 가장 좋아하는 색 푸른색.
내가 되고 싶은 사람 푸른 사람.

나는 푸른 사람이 되고 싶었다.

바닷속이 훤히 보일 정도로 푸른
그런 사람이 되고 싶었다.

나의 어머니가 눈물을 흘리실 때
그 눈물이 아닌 푸른 나이길 바랐고

내가 사랑하는 사람들이 홀로 짐을 짊어지고 있을 때
그 짐이 무서워 그들이 동굴에 머물렀을 때마저

그들의 푸른 그림자가 나이길 바랐다.

나는 그런 푸른 사람이 되고 싶었다.

푸른 사람으로 태어나 푸른 사랑을 하고
푸른 사랑을 베풀고 푸른 사람이 되어
푸르게 죽고 싶었다.

나는 푸른 사람이 되고 싶었다.

재

-

-

재가 돼버리고 말 거예요.
희망을 품지 마세요.

소피아 님 침실 옆 테이블 위에 놓여있는 종이도 타버려
원래의 형태는 온데간데없고 까만 재만 남아버렸잖아요.

금방 사라져 갈 것들에 애정을 주지 마세요.
소피아 님은... 사랑을 가득 담으시잖아요.
며칠 전 버려야 하는 포장지일 뿐인데도
포장한 이의 정성이 느껴져 버리지 못하겠다고
하셨잖아요.

하지만요, 소피아 님.

포장지를 가지고 계신다고 하더라도 아무 쓸모가
없을 거예요.

포장지 안에 든 선물을 뺀 순간

포장지의 가치는 없어진걸요.

모든 것에 사랑을 담지 말고

떠나가는 것에 미련을 담지 마세요.

그것들은 재만 남았어요.

손아귀

-

-

버리기가 어려워서 내 손에 모든 걸 꽉 쥐고 있으면 내
손이 너무 무거워요. 놓을 줄도 알아야 해. 그게 너무
소중해서 꽉 쥐고 있다가 손이 무거워 버리면
언젠가 놓게 될 텐데.
그때 정말 소중한 걸 놓칠지도 몰라요.
우리는 사실 알고 있잖아요. 그걸 꽉 쥐게 된다면 내가
아프다는 것을요. 아무것도 남지 않았어요.
손을 놔주세요.
더 이상 밤을 지새워 손아귀를 바라보지 말아요.

나르시시즘

-

-

물에 비친 내 모습이 너무 사랑스러워 보였어요.
밝은 눈동자, 하얀 살결, 붉은 홍조까지 너무 귀엽지
않나요? 그래서 나는 세 시간을 거울 앞에 서 있었어요.
내가 가장 좋아한 머핀은 식어버리고, 생크림은
녹아버릴 만큼요. 이걸 누군가는 정신병이라고 부르던데.

우리들이 보는 세계가 핑크빛으로 물든다면

-

-

사랑을 가득 담아주세요. 내일이 끝일 것처럼요.
길 걷는 사람들도 가다 멈출 만큼 나를 꼭 안아주세요.
제가 당신의 심장 박동수를 느낄 수 있을 만큼요.

그런 말도 있잖아요. 누군가를 너무 좋아하면
세상이 핑크빛으로 보인다는 말.

당신이 보는 세상이 부디 핑크빛으로 물들길 바라요.
왜냐하면 제가 보는 이 세상은 너무 아름답거든요.
당신도 이 세상을, 제가 바라보는 이 세상을
알았으면 좋겠어요.

길가에 피는 꽃은 누가 심은 걸까

-

-

길가를 걷다 보면 항상 의문이 피어난다. 길가에 핀 꽃들은 과연 누가 심은 걸까. 지나가는 요정이 씨를 뿌리고 갔나. 아니면 옆집 아저씨가 흘리고 간 씨앗인가. 아니면 내가 우연히 받은 꽃다발에서 파생된 걸지도. 이러한 생각을 하다 걷다 보면 결국 도착하는 건 집. 그렇지만 아무리 생각해도 모르겠어. 당신이 우연히 뿌린 그 씨앗 덕에 어떤 이는 희망을 얻기도, 설레하기도, 가슴 아파하기도 하는 것이 썩 기분 좋진 않은 것 같아. 어디서 나온 지도, 어떻게 나온줄도 모를 그 꽃 때문에 나의 감정이 요동치는 게 싫다. 그러면서도 그 정체 모를 꽃을 보며 평온해하는 나 또한 마찬가지. 따뜻한 봄이 오면 누가 심었는지도 모르게 아름다움을 보여주고. 조금 정이 들다 싶음, 차가운 겨울이 와 언제 피었는지도 모르게 사그라든다. 이게 얼마나 절망감을 주는지 아마 길가에 핀 꽃은 모르겠지. 나는 또 너를 기다리고, 너는 지고 반복하며 앞으로 그렇게 살아갈 것이다. 그렇다면 다음엔 너의 이름을 알려주겠니. 네가 져도 내가 슬퍼하지 않도록. 길가에 피는 꽃은 누가 심었나. 또 그 꽃들의 출처는. 또 그 꽃들의 이름은.

2부:사색

화분

-

-

화분 같은 사람이 되는 것. 살아가며 나는 어떤 인간상을 그려왔던가. 내 집 베란다엔 어머니께서 가꾸시는 화분이 몇십 개나 놓여있다. 새로운 화분이 여러 차례 등장하고 그럴 때마다 나의 어머니는 정성껏 돌보았다. 화분을 정성스레 가꾸는 어머니를 보며 나는 생각했다. 뭐가 든 지도, 어떻게 피어날지도 모를 저 화분에 어쩜 저런 다정한 말과 사랑을 쏟을 수 있는 것인지.
화분은 어머니의 정성에 보답하듯 자신의 싹을 피우고선 어머니의 양분을 계단 삼아 자신을 만들어가는 데 집중했다. 아무것도 없던 평평한 흙뿐인 자리가 어느새 흙이 안 보일 만큼 자신의 꽃을 피워냈다. 이런 화분을 보며 나는 생각했다. 아, 내가 그려왔던 인간상은 이런 화분 같은 것이 아니었는가. 내게 주는 사랑과 다정한 말을 의심하지 않고 받아들일 줄 알며 그걸 벗 삼아 나만의 세계관을 구축하는 것. 나만이 피워낼 수 있는 꽃을 보

76

여주는 것. 이것이 내가 그토록 그려오고 바랐던 것이 아니었나. 나는 이런 화분 같은 사람이 되어야겠다고 생각했다. 또한 아무것도 보이지 않았던 흙에도 사랑을 베풀던 이에게 나는 너로 인해 이러한 나만의 꽃을 피웠다며 이야기하고 싶다. 너는 나에게 대가 없는 사랑을 주었고 나는 그 사랑으로 인해 내 이름의 꽃을 피웠다고. 내 가치를 알아봐 줘서 고맙다고. 대가 없음은 때론 가치 있음을 만든다고.

새벽이란 사람이 되는 것

-

-

새벽이 주는 힘은 정말 대단해요. 제가 더더욱 다른 시간대보다 새벽을 좋아하는 이유는요. 내가 오로지 내 시간에 집중할 수 있기 때문인데, 이게 저는 너무나 좋아서... 이유 없이 깬 날은 멍하니 창밖을 바라보기도 하고 곧이어 주변에 있는 헤드셋이나 이어폰 음향기기를 귀에다 꽂곤 내가 하고 싶었던 걸 해요. 지금처럼 글을 쓴다든지 멍하니 바라본다든지 생각하든지요. 나 혼자서 나에게 집중할 수 있다는 것이 얼마나 큰 매력을 가졌는지 감히 상상할 수 있을까요. 저는 무엇보다 새벽을 좋아하는 이유도 이 이유에서 비롯됐답니다. 주체인 나에게 오로지 집중할 수 있는 시간이라서요. 새벽은 나와 동일한 형상을 띠고 있어요. 나는 나에게 새벽 같은 사람이 되고 싶어요. 새벽 같은 어른이 되고, 새벽 같은 사랑을 하고, 새벽 같은 표현을 하며 새벽 같은 명을 살고 앞으로 새벽처럼 살아가고 싶어요. 그대들은 살아가고 싶은 / 닮고 싶은 사람이 있나요? 그렇다면 그 이유가 무엇이었는지 곰곰이 생각해 보세요. 그대 삶의 터닝포인트를 찾을지도 몰라요. 그리고 찾게 된다면 저에게 살며시 알려 주세요. 무언가 되고 싶어 하는, 내가 살아가고 싶어 하는 이러한 것들은 너무나도 아름답거든요. 아마 그날 하루는 오로라로 가득 찰 거예요.

산다는 건 그리고 앞으로 나아가야 한다는 건

\-

\-

우리는 모두 미약한 존재잖아요. 스트레스 받을 것 같으면 피해버리고, 회피하고. 또, 나만의 생각이 너무나 커서 부정적인 생각을 하거나 넓게 보지 못하고. 이러한 것들이 반복되다 싶으면 발전하지 못하는 것 같아요. 여러 방면에서 말이에요. 이럴 땐 좌절보단 생각을 전환하자는 마음가짐을 갖는 게 더 중요하단 생각을 했답니다. 우리는 앞으로 많은 것을 보고 많은 길을 예측하지 못하며 살아가야 하는 존재이니 생각의 전환이 많으면 많을수록 좋다고 생각하고, 나 자신이 어떤 상태인지 알아야 할 필요가 있는 듯해요. 그리고 많은 사람 만나보기. 겁내지 말기. 얕든 깊든 만나보자고요. 겁내지 말고.
제가 경험한 바 안에서 이야기하자면 사람들은 정말 수만큼 다양한 생각을 가지고 있더라고요. 내가 모르는 것을 아는 사람도 무수히 많고, 내 생각을 깨주는 사람도 많고, 나의 생각에 놀라움을 경하는 사람도 많아요. 그러니까 인연에 있어 겁내지 말기. 또, 제자리에 머무르지 말기. 내가 나에게 하는 약속입니다. 저는 저에게 다가오는 인연들이 어쩔 땐 되게 무섭고 당황스럽고 어떻게 해야 할지 막막해서 상대가 다가오면 도망가고 상대가 멀어지면 혼자 슬퍼하고 이런... 불건강한 활동들을 했었어요. 요새 드는 생각은 이러한 것들이 너무 쓸모없는 것 같더라고요. 뭐가 그렇게 두려워서 도망만 쳤던 걸까요. 지금부터 완전 달라지기는 어렵겠지만 조금씩은 발전할 수 있는 제가 되고 싶어요. 또 하고 싶은 말이 있는데 다들 미래에 대한 걱정을 많이 하잖아요. 저도 그렇거든요. 내가 잘하는 것과 내가 현재 해야 하는 것. 이 두 가지로 많은 고민과 스트레스를 받아요. 결론은 내가 좋아하는 걸 하자입니다. 현재 해야 하는 것도 정말 중요하지만, 인간은 어쩔 수 없이 해야 하는 것들이 있잖아요. 그러니 좋아하는 걸 하는 게 조금 더 내가 인생을 살아가는 데 있어 도움이 될 것 같단 결론을 내렸어요. 내가 내린 결론에 후회할 수 있고 내일이라도 바뀔 수 있는 생각이지만요. 카페인을 먹은 지금은 아주 솔직한 시점이라 이 시점에서는 내가 좋아하는 걸 하는 게 최선의 방법이지 않나 싶어요. 저는 후회하고 싶지 않거든요. 내가 좋아하는 걸 하며 수익 창출을 하고 싶고 이러한 생각을 가지던 저였는데 현실과 번번이 부딪히다 보니 저의 신념을 잊어버리곤 남들이 정해놓은 기준에 따라가느라 벅찼고 힘들었던 기억이 있네요. 내가 나로서 있지 못했거든요. 여러분들은 그러지 않길 바라요. 앞으로의 저도 그러길 바라고요. 다들 파이팅 합시다. 오늘도.

누군가가 나를 필요로 한다는 건 생각보다 값지고
황홀한 기억이에요.

미워하지 못하는 것에 있어 우리는 우유부단함이라고 부른다

-

-

있죠. 나는 무언가를 미워하지를 못하는 것 같아요. 이 점이 너무 힘들었을 때가 있었어요. 미워하는 게 힘들어서 용서하고 마음을 쓰고 정을 주는 행위가 남들에겐 우유부단함으로 다가가는 점이 저를 무력하게 만들곤 했던 것 같아요. 저미디의 존재들이 있고 저는 그 작은 점마저 사랑하거든요. 당시 누군가의 행위에 있어 상처받아도 상처를 받은 내가 대상을 미워하기 시작했을 때, 그 대상도 자신이 미움받는다는 걸 아니까 움츠러들거나 위축이 드는 모습을 보이는데 이때 저는 너무나 큰 스트레스와 동시에 마음이 쓰이곤 해요. 한 번은 정말 상대를 미워하고 내가 아프면 그만둘 줄도 알아야 하는데도요. 항상 그게 잘 안되더라고요. 그래서 그 대상을 용서하는데 타인이 이러한 점을 봤을 때 우유부단하다고 느끼나 봐요. 이게 쉽게 내린 결정이 아님을 알아줬으면 좋을 텐데 말이에요. 이러한 점이 잘못된 걸까요? 솔직히 뭐가 정답인지 저는 모르겠어요. 정이 많아서인지 미워하지, 못하는 특성 때문인지 머릿속이 복잡하곤 해요. 뭐가 정답인지 알 수 없어서 이럴 때 제가 하는 행위는 어머니께 상담하는 것. 나의 이런 행위가 우유부단한 걸까 하고요. 어머니께서는 아니라고 하셨어요. 내가 이러는 것들이 우유부단한 게 아니라고. 여러분들은 미워하는 것을 두려워하시나요? 또 그 마음을 쓰는 데 있어 편안하신지요. 또 이것을 선과 악으로 나눌 수 있는지도요. 그래서 자기 계발 책을 사기로 결정했어요. 누군가의 생각과 해결방안에 있어 여러 생각들을 들어보다 보면 대충 내가 한 게 잘못되지는 않았구나~ 라는 걸 알 수 있을 것 같아서 자기 계발을 하는 데 있어 시간을 많이 투자하기로 했답니다. 그렇다면 제가 우유부단한 것인지의 유무를 알 수 있지 않을까요? 여러분들은 어떻게 생각하세요. 미워하지 못하는 것과 우유부단함의 그 중간 어딘가를.

행복하지 마세요

-

-

우리는 무엇을 위해 살아갈까요.
정말 꿈에 그리던 무언가를 얻고 싶어서인가요.
행복하란 말이 정말 좋은 말인가요.
우리는 행복을 위해 살아가나요.
행복이란 것에 정의는 무엇인가요.
지인들이 행복해라, 행복했으면 좋겠다.
이런 말을 자주 해요.
그런데 저는 행복하란 말이 가끔 버거울 때가 있어서
행복하란 말을 전하지 못하겠더라고요.

행복이란 기준에 맞춰서 사는 삶은 의미가 있나요.
행복이란 기준은 또 무엇인지요.
기준이 다 다른 것인데
행복하라는 것은 너무 이기적인 말이 아닌지요.

어제 행복해서 죽을 것 같다가도
오늘 하루 행복하지 않다면
우리는 행복한 삶을 사는 건가요, 살지 않는 건가요.
그럼 또 당신은 무너질 것인가요.

나는 그렇게 생각해요.
그냥 행복하지 말아요.
그냥 살아요, 여러분.
행복이란 틀에 맞춰 살지 말아요.
또, 그 틀에 벗어났다고 불안해하지도
상실감을 가지지도 말아요.

나는 당신이 행복하지 않다고 해서
당신에게 어떠한 말이나 직책을 주지 않아요.
또한 당신이 행복하다고 해서
내가 해줄 말도, 조금의 무언가도 주지 않아요.
그냥 사세요. 그냥 살아요. 우리

숨 쉬면서 살아요.

2부:사색

저는 그냥 살아요 아무 이유 없이

-

-

여러분들은 왜 살아요?

요새 문득 이런 생각이 떠올랐다.
사람은 이유가 있어서 살아가는 것인지,
그냥 살아가는 것인지.
나는 아무리 생각해도 큰 이유가 있진 않은듯싶어서
가족에게 물어봤다.

우선 오빠.

오빠, 왜 살아?

오빠의 답변은 간단하면서도 무게 있었다.

오빠는 나, 엄마, 아빠가 있어서 살아간다고 했다.
놀란 내 표정을 보면서 오빠는 말을 덧붙였다.
그거 아니면 내가 뭐 하러 살아가냐? 하고.

그런가? 누군가로 인해 이 긴 인생을 살아가는 게
맞나, 그럴 수가 있나 라는 생각이 문득 들었다.

난 누군가로서 살아가긴 싫은데
이런 거창하면서도 아름다운 이유로
내 인생을 살아가기에는 부담감이 들었다.

그냥 살아가면 안 되는 건가?

그냥 간단하게 태어난 김에 살아가면 안 되는 건가.

이유가 있어 인생을 살아가다

그 이유가 사라져 버리면 어떡해야 하는 거지.

그럼 내가 인생을 살아갈 이유가 사라지는 건가?

그건 또 싫다.

지금껏 살아오면서

나는 그다지 이유가 있어 살아오진 않았다.

단지 날이 밝았고

어두워졌으며

네 개의 계절이 자신들의 마음대로 왔다가

가버렸다.

그 순간이 지나갔을 뿐이지.

내가 살아간 건 아니었다.

엄마 아빠에겐 아직 물어보지 않았는데

과연 어떤 대답이 나올까.

궁금하다.

나는 그래서 그런지는 모르겠지만

무언가 특별히 좋아하는 것도 싫어하는 것도

없는 편이다.

앞으로도 나는 내가 인생을 살아가는 데 있어서

이유를 만들진 않을 것이며

찾지도 않을 것이다.

그냥 저는 이유 없이 살아요.

여러분들은 왜 살아요?

2부:사색

높지도 낮지도 않은 딱 미지근한 정도로만

-

-

화자는 감정 소모를 좋아하지 않는 편인데 감정 소모를
해야 하는 빈도수가 늘어날 때면 어떻게 대처해야 할지
고민하곤 한다. 솔직히 당황스러울 때도 많고, 말을 어떻
게 전해야 할지도 모르겠고, 나를 감정 쓰레기통으로 대
하는 게 아닐까 하는 부정적인 생각이 머릿속 가득 채우
기도 하고 그렇다. 그냥 한 마디로 화자는 인간관계에
지쳤단 소리다! 별거 없고 그냥 지쳤다. 인간관계를 이어
가면서 점점 나 자신을 잃어버리는 것 같은 기분이 든
다. 그러니 높지도 낮지도 않은 미지근한 정도를 유지하
고 싶다. 너무 높아서 기대하는 일도 없고, 너무 낮아서
실망하는 일도 없도록 하기 위함이다. 누가 됐든, 뭐가
됐든 간에 이 정도의 거리를 유지하고 싶다. 예전에 한
지인이 왜 이렇게 거리를 두냐는 말을 한 적이 있다. 너
에겐 항상 보이지 않는 선이 존재하는 것 같다고 말이
다. 지인은 감정 표현을 하지 않으니 혼자 얘기하는 기
분이 든다고 말을 덧붙이곤 했다. 그때 화자는 그 순간

숨이 턱 막혀서 무슨 말을 해야 할지 머뭇거렸다. 항상 무슨 일이 있으면 혼자 해결하려고 하고 참는 게 습관이 돼버려서 그런 것인지 이건 화자도 정확히 정의할 수 없다. 감정 표현을 솔직하게 하는 이들을 볼 때면 머릿속에 느낌표와 물음표가 순차적으로 떠오른다. 신기하고 동시에 멋져 보인다. 화자 자신이 노력해도 할 수 없는 것임을 너무나도 잘 알아서 그런 것인지 화자도 나 자신이 답답할 때가 많다. 사실 친한 친구도 화자가 자신에 대한 신뢰도가 없는 줄 알았다고 한다. 그 이유는 힘든 부분이 있을 것인데 자신에게 이야기하지 않고 티가 나지 않는다는 면에서였다. 내가 힘들다는 사실을 굳이 상대에게 말을 해야 할까? 나의 힘든 점을 말하면 오히려 상대방이 힘들진 않을까 하는 걱정들이 있었기에 딱히 말을 하지 않았다. 정말 말할 생각 자체를 못 했다. 이러한 반응은 그냥 무뎌지는 태도에서 비롯됐다. 화자는 항상 자주 하는 말이 '아무거나 다 괜찮아!' 또는 '글쎄'라는 자기 의사가 투영되지 못하고 우유부단한 대답을 다반사적으로 하곤 했다. 지금 이렇게 보니까 좀 심각한 것임을 느꼈다. 내가 배려하고자 했던 것들이 상대방에겐 저런 방식으로도 다가올 수 있다는 것을 느끼게 됐다. 화자가 이러한 반응을 보이는 것은 상대방에게 기대를 말자는 것이 베이스로 깔려 있기 때문이다. 그렇기에 화자는 매번 포기하고 시작하는 경향을 보인다. 일종의 자기방어인 셈이다. 상대방이 내게 큰 존재가 되지 않도록 먼저 차단하는 것이다. 화자는 자신이 개복치(*개복치는 외부 충격이나 혹은 스트레스로 금방 죽는 매우 연약한 동물이다. 이와 비슷한 특징을 가진 이들을 현대 사회에서는 개복치라고 부른다.) 인 걸 너무나도 잘 알아서 그런 자기 모습을 보고 싶지 않아 시작하기도 전에 피해버린다. 또한 화자는 좋아하는 게 있어도 좋아한다고 표현하지 않는다. 어릴 땐 좋으면 좋다고는 표현을 했던 것 같은데 요새는 그러한 표현 자체를 하지 않는다. 연락도 상대방이 먼저 하지 않으면 아... 내가 해도 되나? 의 유무를 혼자 가늠하고선 싫어하면 어쩌지라는 걱정과 함께 연락하기를 포기해 버리고 만다. 지금 이걸 보는 당신이 당신의 소중한 사람이 연락을 잘 받아주곤 하는데 먼저 하진 않는다고 생각이 조금이라도 든다면 이 점을 기억해 주기를 바란다. 아마 나와 같은 이들을 이해하는 데 있어 도움이 될 것이다. 그들은 아마 당신과의 연락을 이어 나가고 싶지 않아서 연락하지 않는 것이 아닌, 그냥 자기 자신이 겁이 많아 선뜻 연락을 먼저 할 수 없는 것일지도 모른다. 그렇기에 당신의 소중한 이들에게 다가가고 싶다면 먼저 "나는 너를 원한다." 또는 "네가 보고 싶어 연락했다."라는 귀여운 인사말과 함께 연락해주길 바란다. 그렇다면 상대는 부끄러워하면서도 티는 전혀 내지 않고 당신의 연락에 빠르게 반응할 것이다. 이러한 태도와 행위는 정말 사랑스럽고도 고양이 같지 않은가? 상대가 너무 어린 것 같다고 느껴졌다가도 당신이 상대를 소중히 생각하니 그 생각은 멈춘 채 상대와의 이야기를 이어갈 것이다. 이 점이 정말 당신을 피곤하게 만들 것이지만... 그냥 새침한 고양이 한 번 놀아준다고 생각하자. 그게 정신 건강에도 좋다. 그렇지만 당신이 이러한 행위를 하지 않는

다면 화자와 같이 높지도 낮지도 않은 딱 미지근한 정도
로만 유지하고 싶다며 흥! 하고 도망가 버릴지도 모른다.
상대를 사랑한다면 상대가 저 대사를 외치지 않도록 사
전에 차단해 버리자.

속세를 벗어나 자유를 만끽함이 주는 행복감을
아시는지요

-

-

남들은 어떨지 모르겠지만 화자는 자유를 갈망하고 틀에
얽힌 걸 좋아하지 않는 사람이다. 주로 쉬거나 평소엔
모든 알림을 off. 그래서 화자는 아날로그를 사랑하는 것
일지 모른다. 조용하고 정말 좋아하는 이들이랑만 교류
하는 것, 너무 사랑스럽지 않은가? 내가 좋아하는 이들
과 연락하며 시시콜콜한 이야기를 주고받는... 화자는 시
끄러운 것도 싫어하고 사회에서 원하는 그런 것들이랑은
맞지 않는다. 틀에 박힌 것도 싫어하고 남들이 원하는
선상에 올라가는 것도 딱히 선호하지 않는다. 화자 태초
의 성향 자체는 그냥 혼자가 편한 그런 사람이다. 예를
들어 애정에 목말라 울긴 하다만 그거 없다고 죽을 정도
는 아닌 정도. 화자를 설명하자면 대한민국 분위기를 좋
아하지 않는다. 단합을 우선시하고 빨리빨리 성향, 또 경
쟁 사회 플러스 가십거리? 소수를 인정하지 않는 것, 열
등감... 이런 것들이 화자를 옥죄이는 것들이다. 토악질
나온다고 표현한다면 이해하겠는가? 이런 것들을 소위

사회에선 사회 부적응자라고 하던데. 으 정말 싫다. 화자
는 그냥 스타킹보단 컬러 스타킹을 좋아하고, 펑퍼짐보
단 핏한 걸 좋아하며, 케이크보단 컵케이크를 좋아한다.
또 화려한 도시보단 적적한 섬을 좋아하고, 예쁜 것보단
엉성한 것을 좋아한다. 꽃집의 꽃송이보단 길가에 핀 꽃
들을 좋아하고, 디지털보단 아날로그를 사랑한다. 텍스트
가 아닌 손편지를 사랑한다. 속세를 벗어나 자유를 만끽
함이 주는 행복감을 아는가? 이는 경험하지 않는다면 느
껴보지 못할 감정이다. 나는 겪어보지 못한 이들에게 메
시지를 보내고 싶다. 지금 행복한가?

2부:사색

-

-

계절이 주는 힘

계절이 주는 힘은 크다. 사계절을 보내던 이, 추억, 옷이 그 계절을 상징해 버려서 그 계절이 아닐지라도 특정 물건이나 매체, 말을 들었을 때 계절이 생각나지 않는가. 나는 항상 그랬던 것 같다. 뜨거운 여름날 옷장 안 스웨터를 보면 가을에 간 내가 좋아하는 카페가 떠오르고, 어느 날 방 안 필름지를 보면 겨울에 찍은 그가 떠오르고 뭐 이런 것들... 그래서 누가 어떤 계절을 좋아하냐 묻는 말에 항상 시간을 두고 답을 한다. 특정 계절이 오면 그 향기가 더 진해져서 며칠을 못 헤어 나오기도 하고, 그리워하기도 하고, 멍청하게 굴기도 하고. 음 너무한 게 아닌지. 내 방 안 가득 채우는 인센스와 향수보다 더 진한 듯해. 그래서 향수병이란 게 생겨났던 걸까. 네 개의 계절이 있는 사계. 나와 함께 간 카페, 너와 먹은 일식, 너와 먹던 그 이상한 맛을 가진 커피까지도 내겐 겨울을 의미한다. 겨울이 오면 너와 나눈 말이 생각나고, 우리가 자주 가던 장소도, 너와 보낸 그 사계의 새벽까지 모든 것은 너를 떠올리게 한다. 내게 사계란 시간이 지남이 무색하게 네가 떠오르고, 너는 해를 갈수록 진해지는데 사계는 하루가 뭐가 급하다고 달라지는지. 참, 계절이 주는 힘은 대단하다. 나는 아직도 겨울이 되면 라라랜드를 그리고 러브레터를 봐.

사랑의 정의란

-

-

"사랑하며 살아가요.
사랑해요. 아주 많이.
사랑하세요.
사랑해 주세요."

사랑은 사랑.

아름답지만 아프기도 한 것.
아프기에 더욱이 아름다운 것.

부모의 사랑.

연인의 사랑.

지인의 사랑.

사물의 사랑.

친구의 사랑.

기회의 사랑.

이 많은 것을 우린 사랑이라고 결론을 내린다.
그렇다면 사랑의 정의란 무엇인가?

과연 이것에 대한 질문에 제대로 답변을 할 수 있는
자가 얼마나 될지 궁금하다.

내가 생각하는 사랑의 정의란,

시간이 지남을 느끼지 못하는 것.

이게 내가 내린 사랑의 정의다.

우리는 살아가면서 많은 시간을 쏟지 않는가?
대한민국 사람이라면 더더욱.

빨리빨리가 습관이 되어버린 당신들에겐
시간이 금이지 않은가?

그래서 시간이 금이란 명언이 나오지 않았는가.

우리나라를 넘어서 전 세계인들이 가장 중요하게
생각하는 것은 다름 아닌 시간.

내 시간은 하루 24시간으로 제한되어 있고
그 안에 나의 커리어를 쌓고 앞으로 멋지게 살아가려면
많은 시간이 요구되지 않는가?

그렇기에 '열품타' 이런 시간을 책정하는 공부 동기
애플리케이션이 주목받고 있는 것이 아닌가.

하루에 내 시간을 이것에 얼마나 쏟아붓고, 진심인지를
나타내주는 것이 분명한 도표로 나올 수 있는 것이
시간 아닌가?

이런 시간을 나 외에 다른 이에게 오로지 쓸 수 있는

것.

과연 이게 쉬운 것일까?

많은 이들이 이를 감수할 수 있을까?

아니다. 사랑이 있어야만 가능할 수 있는 것.

나=좋아하는 이
를 같은 항목으로 묶기 때문에 나의 시간을 오로지
쏟아부어도 전혀 아깝지 않은 것.

이런 것이 바로 내가 내린 사랑의 정의이다.

알겠는가?

당신에게 사랑의 정의를 묻는다면
당신은 어떻게 답할 것인가.

3부:사랑

연명이란 당신에게 가장 어울리는 단어였습니다

-

-

우리는 언제나 불안했고, 성숙하지 못했고, 위태로웠습니다. 나는 그게 좋았습니다. 서로가 불안해서 서로가 서로에게 구원이었던 그 시절이 나는 너무 기억에 남고 지금까지도 선명합니다. 우린 서로가 없으면 죽어버릴 것만 같아서 이기적일지라도 나는 우리가 쭉 불안해도 좋겠다고 생각했습니다. 우리 사이에 안정이란 단어가 생기지 않길, 서로가 서로를 필요로 하는 관계로 남길. 결코 마무리가 좋지 않다고 해도 감수할 만큼 나는 당신을 사랑했습니다. 그런데 이젠 연명이란 단어가 당신에게 그리고 우리에게 가장 어울리던 단어가 더 이상 어울리지 못한다는 게 마음이 아팠습니다. 우리로서 완성이 되던 단어가 지금은 제 기능을 못 하고 미완성으로 남아버린다는 게.

3부:사랑

순정

-

-

누가 연애 좀 하라고 하면

굳이... 왜? 라는 감정이 들다가도

서로를 바라보며 따뜻하게 눈 마주칠 수 있다는 것이

너무나 아름다워서 그런 게 연애라면 해 봐도 좋다고

생각했다.

나는 연애를 위한 연애는 하고 싶지 않았던 것 같다.

맹목적인 사랑, 연인이라면 해야 할 말투와 제스처.

이런 것들에 사로잡히는 것이 싫어 연애라는 것에

흥미가 없었던 지도 모르겠다.

다만, 그리운 감정이 들면 그립다고 말할 수 있고

보고 싶다면 만나러 가고 차가운 온기를 따스하게

녹일 수 있는 그런 것들이라면 내가 원하고 바라던

것들이지 않을까 하는 생각이 들었다.

단지 연애 자체에 집중하는 것이 아닌,

서로에게만 서로의 감정에만 집중하는 것.

그게 내가 원하던 연애이지 않을까 싶다.

그리고 나는 이것을 순정이라고 말하고 싶다.

순정(純情)

순수한 감정이나 애정

3부:사랑

인연과 만남, 영원의 부재

-

-

여러분들은 소중한 사람과 인연이 되고

만남을 이어가면서 영원함이 있을 것으로 생각하시나요?

저는 소중한 지인 또는 연인과의 만남에서

인연 만남 영원 이 세 가지가 빠질 수 없다고
생각하는데요.

여러분들은 어떻게 생각하시는지 궁금합니다.

또한 영원함은 없다고 생각하는 저이기에

관계를 시작하는 것에 앞서 겁을 먹기도 해요.

관계가 깊어지고 소중할수록 영원함에 대해
깊이 고민하고 생각이 많아지는데, 이럴 때 여러분들은
어떻게 대처하시나요?

저는 여태까진 그 관계를 이어가는 것을 포기했던 것
같아요.

상대의 존재가 커져 버려서 상처를 받을 저 자신을
생각하면 버틸 수 없으리라 생각했거든요.

그런데 피하기만 한다면 제 소중한 인연들이

하루아침 사라지는 것 같아 이제는 생각을 조금

바꿔보려고 해요.

이 관계에서 불안함을 느낄수록 불안함에 이 관계를
포기하지 않고, 불안에 맞설 수 있도록 차근차근 인정할
생각이에요.

나 불안하구나.

이 관계를 놓칠 것 같아, 내가 이러한 감정을
느낀다란 걸 인정하고 상대와의 대화를 통해

여러분들의 불안을 공유하는 것은 어떨까요?

나 혼자만의 불안이 아니라는 걸 안다면, 관계에 있어서
조금 더 깊은 관계가 되고, 이겨낼 수 있으리라
생각해요.

저희는 완전하지 않고 완벽하지 않으니까요.

좋은 '관계', 좋은 '나', 무언가 멋있어 보일 '나'의 모습에

사로잡혀 정작 관계에 집중하지 못한다면 저는... 너무
억울할 것 같아요.

내가 지키고 싶어 하는 관계, 내가 좋아하는 상대가
있잖아요.

내가 좋아하는 상대이기에 그런 상대에게 나의 결점을
보여주고 싶지 않아서 숨기고 나의 감정들 또한
무시하는 시점이 늘어나게 된다면

결코 좋은 관계가 되지 않을 거라고 생각해요.

저는 저희가, 제가 겁을 먹고 정말 소중한 우리의
관계를 놓치지 않았으면 해요.

별거가 아닐 거예요.

내가 불안을 느끼는 것은 당연하고

상대도 분명히 나와의 관계에서 불안을 느낄 것이기에

너무 큰 걱정을 하지 마세요.

우리는 결코 이기게 될 거예요.

지금 제가 지인들과의 관계에서 불안함을 느끼고

현재 창문을 열며 이 글을 써가는 것처럼요.

밤이 늦었으니 이만 생각을 침대 한편에 놔두고

자도록 해요. 좋은 꿈을 꾸는 것이 아닌 여러분이

이 밤을 온전한 밤으로만 보낼 수 있도록

응원할게요.

안녕히 주무세요.

3부:사랑

너라는 책장

-

-

끝내 널 생각하는 걸 멈추는 순간

내가 잠드는 거야.

넌 나의 일상과도 같아.

세속적이지 않은 널 바라볼 때마다

괜히 반성하게 되는 내 모습을 네가 알려나.

그런 너에게 보내는 편지야.

너만을 위한.

너만을 의한.

하나뿐인 챕터.

－－－ 너를 생각할 시점과 너의 생각을 멈추는
시점으로

내 일상은 나뉘어

내가 너를 부담스러워한다니 전혀.

되려 너에게 나의 과함을 줄까 봐

조심스러운 것뿐이야.

예쁜 것을 보면 아껴두고

예쁜 디저트를 보면 먹기 아까워하는 것처럼

그냥 단지 예쁜 것을 숨겨둔 것뿐이었는데

이런 내 모습이 너를 불안하게 했다면

보석함 문 정도는 열어둘게.

내가 좀 더 잘하지. 뭐.

ーーーーー 영원한 건 없지만 너에게 부담을 주려고

한 건 아니야 단지 난

아무도 이름 모를 행성에 버려진 것 같다던 너.

그곳에서 만난 게 나라니.

그러면서도 네가 전하는 말이 나에게 부담이 될까,

그 와중에도 나에게 부담을 주려고 한 게 아니라는 너.

있잖아.

나는 너에게도 그렇고 지금까지 살아오면서도

영원한 게 없다고 생각했어.

그런 내가 너를 마주하고부턴 영원함에 대해

사색하게 되는 시간이 늘어나.

난 네가 평생 나에게 의지를 했으면 해.

내가 아니면 안 될 것처럼 구는 너의 모습이

궁금하기도 하고.

어때.

영원한 건 없지만 너에게 부담을 주려고

한 건 아니야 단지 나도.

———————— 좋은 사람은 어떤 모자를 썼을까?

오늘은 내가 가장 좋아하는 시장이 열렸어.

내가 좋아하던 건 보라색의 체크무늬를 가진 모자였는데

설레어서 시장에 달려갔지.

그렇게 모자 앞에 서게 됐는데

보라색의 체크무늬를 가진 모자를 잡는 순간

모자 장수는 나에게 말했어.

"가장 좋은 모자는 파란색의 민무늬 모자예요.

그게 가장 잘 팔리고 질도 좋거든요."

고민했지, 이번 겨울은 너무 추웠거든.

그런데 말이야.

난 보라색을 좋아하고 그중에서도 체크무늬를 좋아해.

이런 내가 파란색의 민무늬 모자를 사 간다고

과연 나는 행복했을까?

아니!

난 보라색이 좋고

체크무늬가 좋아.

나에게 좋은 건 보라색의 체크무늬인 모자야!

그래서 나는 모자 장수에게 괜찮다고 말했고

보라색의 체크무늬를 가진 모자를 달라고 했어.

이처럼 각자 좋아하는 게 달라.

어떤 모자를 살지 기준도, 취향도 다르지.

남들에게 가장 좋은 모자가 나에겐 안 좋을 수 있고

반대로 나에게 좋은 모자가 남들에겐 좋지 않을 수 있는
거야.

그러니 우리는 좋은 모자가 무엇일지 고민하지 말고

내가 좋아하는 모자를 선택하면 돼.

그게 가장 좋은 모자야.

——————— 사람은 나약한 동물

나를 얼마나 좋아해?

너의 마음을 내가 느낄 수 있도록

표현해 주라.

네가 나를 많이 좋아해도 표현하지 않으면

나는 모른단 말이야!

네가 나를 많이 사랑해도

내가 눈으로 확인할 수 있게

잠들기 전 차갑게 자지 않도록 해 줘.

왜냐하면 사람은 나약한 동물이라

매번 확인하고 싶어 하잖아.

여름이란 계절을 사랑하거든요

-

-

저는 여름이란 계절을 사랑하거든요.
습습하고 따뜻한 바람이 불면서 온 세상이 환하게
빛나요. 모래알은 보석같이 빛을 내고요.
길가에 뜨거운 아스팔트마저 저를 설레게 해요.
또... 나의 방 안에선 온 공간에
모기향 냄새가 맴돌아요.
좋아하는 노래도 흘러나오고 있고요. 어쩜 하나같이
내가 좋아하는 걸로 채워졌는지 모르겠어요.
사랑도 이런 걸까요? 사랑을 하면 온 세상이 내가 좋아
하는 걸로 가득해질까요? 과연 상대는 모래알보다 밝게
빛나고요. 또 내가 좋아하던 내 방 안을 가득 채우던 모
기향의 향기보다 상대의 향기를 사랑하게 될까요?
그럼 저 혼자 아스팔트의 열기를 느끼는 것이 아닌
상대와 같이 아스팔트의 열기를 느낄 수 있는 거죠?
어쩜... 역시 저는 여름이란 계절을 사랑해요.

3부:사랑

미야자키

-

-

한때 과제로 인해 미야자키에 대해 찾아본 적이 있다. 미야자키는 아기자기하며 조용함을 담고 있는 지역이다. 화자는 조용하고 사색을 할 수 있는 곳을 원하곤 하는데, 이런 화자를 매력에 빠지게 하는 곳이 바로 미야자키였다. 화자는 미야자키를 사랑한다.

미야자키만이 담고 있는 아기자기함. 그리고 사랑스러움. 이렇게 사랑스러운 단어만 담고 있는 이 도시를 화자는 사랑한다. 아마 내게 미야자키는 사랑스럽다는 뜻이므로 좋아하는 이에게 이렇게 말할 것이다.

너는 나의 미야자키야.

좋아하는 사람이 생긴다면 미야자키에 데려가야겠다고 생각했다. 좋아하는 이를 내가 좋아하는 장소에 데려간다는 건 무엇보다 가슴 떨리는 일이었기에... 또한

130

마음에 여유가 없는 이들에게도, 처음 여행을 가는
이들에게도 추천하는 곳이다. 미야자키는 남들이 봤을
때 그렇게 시선을 이끄는 곳은 아니다. 그렇지만
두고두고 생각이 나는 장소는 흔치 않지 않은가. 그런
장소가 바로 미야자키였다. 나는 좋아하는 이에게
수줍음을 담은 채 말할 것이다. 나와 미야자키에 가주지
않겠냐고. 그런 다음 좋아하는 이의 손을 잡고선
미야자키로 가는 티켓을 끊을 것이다.

그러곤 두 문장을 전할 것이다.

너는 나의 미야자키야.

나와 같이 미야자키에 가지 않을래?

3부:사랑

J

-

-

꿈에서 J가 나왔다. J는 지쳐 있었고, J는 생일날에 자살했다. 그날은 나와 J가 여행을 J의 친구들과 나의 지인 몇 명과 함께 여행을 가기로 한 날이었고, 정확히 기억난다. 그날은 조개구이를 먹으려고 했었다. 묵을 숙소는 놀이공원 쪽 숙소였던 것 같아. 나는 자존심이 너무 세서 너에게 자존심을 부렸고, 그게 이유가 되어 널 지치게 했고. 널 신경 쓰지 못하게 된 거겠지. 이유가 뭐가 됐든 나는 시간을 돌리고 싶었다.

네가 죽기 전, 가능하다면 우리가 만나기 전까지.

하지만, 내 말이 변명으로 들릴 테지만.
그날, 당일 너에게 나 아직 너를 많이 좋아한다고.
너랑 더 많은 시간을 가지고 싶다고. 이야기하려던 날이었다. 너는 곳곳에 티를 내고 있었는데, 무심한 내가 그걸 보지 못한 거겠지. 네가 죽고 난 후, 난 극심한 우울

함에 시달렸다. 우리가 여행 간 사진, 우리의 추억, 나의
멜빵을 네가 입은 순간까지 세세하게 기억이 났고. 너의
지인들이, 나의 지인들이 하나 둘씩 나에게 위로의 연락
을 보내는 것까지...

하나하나 사소한 모든 것들이 내 잘못이라고, 나로 인해
네가 죽은 거라고 말해주는 것 같았다. 그 사실을 나조
차도 부정하지 못했다.

시간을 돌릴 수 있다면,
최대한 너와 내가 다시 만나지 않도록.
네가 너만의 꽃을 피울 수 있도록.

배려심 많고, 여린 네가 너와 비슷한 사람을 만나
행복한 사랑을 하길.

그렇게 점차 나란 존재는 모른 채
평생 행복하기를.

그걸 위해 나는 노력할 것이다.

나의 J.
내가 바다 같았던 J.
너와 같이 바다에 가고 싶었어.
너에게 많은 질문들을 해주고 싶었어.
너와 살결을 부딪치고, 많은 입맞춤을 하고.

해가 뜨고 지는 것을 반복하며,
시간이 지나기를 무색하게.
너와 나 자체에만 집중하고 싶었어.
미안 J. 넌 나를 바다라고 했지만,
바다는 너 자체였어. 너에 비해 난 작은 호숫가겠지.

나의 바다, 앞으로 절대 잊지 못할 내 바다야.
네가 언제나 행복하고, 너와 비슷한 사람을 만나,
평생 숨이 조일 정도로 큰 사랑을 받길.

나의 바다야, 안녕.

3부:사랑

주체와 주체 관계

-

-

주체와 주체 관계. 내가 가장 좋아하는 것이다. 나의 주
체와 너의 주체. 존재만으로도 아름다운 우리가 주체로
서 있다는 것이 정말 아름다워. 사랑스럽기도 하고. 너도
과연 이 아름다움을 알까, 객체가 아닌 주체와의 관계는
내가 인생을 살아가면서 아름다움을 느끼게 하는 매개체
이다. 너의 인생이 있고, 나의 인생이 있고. 각자만의 아
름다움과 독특함을 인정하며, 서로를 사랑하는 우리. 너
무 아름답지 않아? 다른 것에서 전해지는 설렘과 기분
좋은 민망함, 소름까지도 아름답지 않은 것이 없는 것
같아. 나와 만나게 되면, 너는 이런 사람이고. 싫어하는
것은 무엇이고, 좋아하는 것은 무엇인지 알려주겠니. 나
는 너를 주체로서 존중하고, 그러기 위해서 노력할 거야.
만약, 네가 그러한 점이 힘들다면, 내가 주제로서의 삶을
살아가는 것에 대한 아름다움을 네게 보여줄 거야. 너란
사람은 이 세상 하나뿐이고, 그만큼 너는 아름답고 사랑
스러운 존재임을 네가 피부로 느낄 수 있게 해줄게. 그
리고 나의 세상도 보여줄게. 나는 이런 삶을 살아왔고,

어떤 사람인지에 대해. 나의 주체성에 대해 알려줄게. 너의 정체성을 잃어버리지 않도록. 네가 너의 주체로 있을 수 있게 할게. 네가 너란 주체를 인식하고, 삶을 살아갈 수 있도록 할게. 있지, 정말 아름다워. 내가 나의 주체로 있을 수 있다는 건. 그리고 이런 내가 너를 만날 수 있다는 것도.

3부:사랑

당신의 창작물을 저에게 준다는 건 사랑인가요?

-

-

이야기를 하기 전, 그대들에게 묻고 싶은 것이 있다.
그대들은 그대의 성공이 정해져 있는 창작물을 사랑하는
이에게 줄 수 있는가?

나는 이 질문에 아마 머뭇거릴 것이다.
그대들도 그러한가?

이건 당연한 것이니, 자책은 하지 않길 바란다.
내가 이 질문을 한 이유는 보통 평범한 일반인들에게
이런 질문을 한다면 no를 외칠 것이다.

성공이 보장되어 있다는 창작물을 가지고 있다는 건,
욕심나지 않을 수가 없으니까.

그렇다. 이런 반응이 나와야 정상인데...
내가 알고 있는 이는 달랐다.

나와 같은 길을 걷고 있는 그였지만,
그는 자신의 창작물을 기꺼이가 무례할 정도로.
아주 쉽게.
정말 아주 쉽게.

사람이 자고 일어나는 것을 반복하는 것처럼 당연하게
내게 준다고 하였다.

이 말을 들었을 땐 기분이 좋은 것보다
왜? 라는 의문이 잔뜩 들었다.

커리어를 중요시 생각하는 나에겐 상상할 수 없는
일이었기에...

정말? 이라고 그에게 물었고,
그는 단호하게 응. 이란 답변을 주었다.

부끄러웠다.
나는 그 정도의 마음가짐은 되지 못한 거 같아서.

네가 바보인 걸까.
아니면 욕심이 없는 걸까.

아니면 넌 나를 아주 많이 사랑했던가?

...

왜 그땐 그 생각은 후보로 두지 않았을까.

네가 나를 사랑하는 게 당연해서?

네가 주는 사랑의 크기가 익숙해 있어서?

네가 날 사랑하는 게 일상이었기 때문에?

...

이제 다시 같은 질문을 그대들에게 할 것이다.

그대는 그대가 사랑하는 이가 그대에게 창작물을 줄
것이라 생각하는가?

또, 준다고 했을 때, 그대의 기분은 어떠할 것 같은가?

좋을 것인가, 나와 같이 의문이 들 것인가,
아님, 내가 못 한 그의 사랑의 크기를 느낄 것인가.

당신의 창작물을 저에게 준다는 것은 사랑인가요?

3부:사랑

같은 시간에 찾아오는 건 너무하지 않나요 그러면서도
가끔은 그리워

-

-

같은 시간, 같은 온기 찾아오는 당신.
어쩜 나의 알람 시간보다 정확한지.

찾아오는 것이 힘들진 않은가요.
나는 좀 힘들어.

내가 좋아하는 시간대에 당신을 마주하는 건

너무나 가혹하다.

내 창문을 두들기지 말았어야지.

그냥 자게 뒀어야지.

아무리 규칙적이라 해도
이렇게 규칙적이어도 되나.

그러다 내가 조금이라도 기분이 좋은 날엔,

당신이 찾아오지 않아.

당신이 오는 건 싫은데,

매일 같이 오던 당신이 오지 않으면

그리움을 느낀다.

당신이 놀러 올 땐, 당신 생각이 가득 채워버리게 돼서
싫고.

당신이 놀러 오지 않을 때면, 당신이 오지 않아서
그리워한다.

매일 찾아오는 건 싫고.
오지 않으면 그립고.

가끔씩 딩신을 그리워하고.

오지 않으면 그리워하고.

당신이 많이 찾아오는 날이면,
당신 생각으로 가득해 그리움이 가득하고.

이러나저러나 그리움으로 채워진다.

내게 가끔은 다른 이와의 기준과는 좀 다르다.

같은 시간, 같은 온기
같은 너, 다른 그리움

...

같은 시간에 찾아오는 건, 너무하지 않나요.
그러면서도 가끔씩은 그리워.

내가 무기력과 불안을 이기는 법

\-

\-

예전엔, 무기력과 불안이 꼭 함께 등장하여, 그것에
사로잡히곤 했는데. 요새는 그래도 노력하는 편이다.

그러면서도, 무기력에 잠겨 아무것도 하지 못하는
나를 마주할 때가 있다.

생산적인 일을 하지 않거나, 발전 없는 나의 모습을
보는 것이 죽기보다 싫었기에 요샌 저 두 가지 감정이
올라올 때마다 바로 대처하곤 한다.

그대들은 어떻게 대처할진 모르겠지만,

나와 같이 무기력과 불안에 사로잡히다 보면

정작 해야 할 것을 놓치고,

이게 사람이 사는 것인지, 동물이 사는 것인지

불분명하기에. 뭐, 그것에서 빠져나오고 싶다면

나의 글을 참고하는 것도 좋다.

다만 참고만 할 것, 이겨내는 건 그대들 몫이라는 것을

기억하길 바란다.

또한, 나의 글을 보고 그대들이 행동으로 옮겼을 때,

무기력과 불안이 사라지지 않는다고 좌절하지 말 것.

각자마다 이겨내는 것이 다르다. 그렇기에 그대가

이겨내지 못하는 것이 잘못된 것이 아니다.

이 점을 상기하고, 밑글을 보길 바란다.

1. 일어나자마자 환기해라

보통 잠에서 깨면, 몽롱한 상태에서 대부분 휴대전화를
먼저 잡을 텐데.

눈뜨자마자, 커튼을 치고 창문을 열어 환기하길 바란다.

무기력이 생각보다 우리에게 차지하는 것이 크고,

환기하는 행위 자체가 얼마나 어려운 것인지 안다.

그렇지만, 가만히 누워만 있다면 계속 그 감정에

머무를 것이다. 이 반복된 상황 안에서 그대가 얼마나

힘들어할 것을 알고 있는 나이기에, 힘들지만 한 번
해보길 추천한다.

또한, 화자는 바람이 내 몸에 스치고, 뜨거운 햇살을
마주할 때 살아있다고 느꼈다.

곧 겨울이 다가오기에 말을 덧붙이자면,

추운 겨울날, 입김이 나오지 않는가.

나는 이 부분에도 내가 살아있구나라는 것을 알았다.

그렇기에, 추워도 창문을 열고 있는 기간이
늘어나곤 한다.

지금 생각해 보면, 웃긴 것이. 나조차도 이 바다에서
나오질 못하는데,

어찌 그대들한테 이 글을 전할 수 있을까.

사실 그대들을 위로하는 용도의 글보다,

나 자신을 위로하고, 합리하기 위해서 쓰는 것이 맞다.

그러니, 위대한 것이라 생각하지 말고,
편하게 보길 바란다.

화자도 했다.

그대도 당연히 할 수 있다.

2. 이유를 찾아라

일상에서 무언가를 하는 것이 얼마나 힘들고,
모든 것이 의미가 없는 그대들에게 전하는 메시지.

의미가 없으니 하기가 싫나?
살기가 싫나?
그렇담, 이유를 찾아라.

의미가 없으면,
이유를 만들어라.

그럼 되지 않는가.

쉽지 않은가?

화자도 했다.

내가 한 걸, 그대가 못할 리 없다.

내 말이 웃기는가.
그대들의 상처를 너무 가볍게 치부하는 거 같아서.

전혀 그렇지 않다.

그대들의 무거움을 가볍게 생각하는 것이 아니라,

그대가 앞으로 살아가고, 느끼는 것이

생각보다 단순한 이유라고 말해주기 위함이다.

모두가 대단한 이유로 하여금, 인생을 살아가지 않는다.

우리가 유전적으로 태어난 것이지,
우리가 삶을 정해 태어난 것이 아니지 않은가.

화자는 꽃을 좋아하고, 전시를 보러 다니는 것을
좋아한다.

그렇다? 화자는 살아가는 이유는 딱히 없고.
내가 좋아하는 전시가 달마다 자유롭게 열리기 때문에,
화자가 좋아하는 꽃이 계절마다 피어나는 것이
다르기에.

살아가는 것이다.

3. 낮에 산책해라

비타민이란 것이... 괜히 우리 인간에게
중요한 것이 아니다.

광합성을 잘하는 식물이 시들해지는 것을 본 적이
있는가?

물론, 우리 인간은 엽록체가 없기에 광합성을 하지
않아도 되지만...

그래도, 낮에 산책하다 보면,
나도 모르게 활력이 생기는 것을
볼 수 있을 것이다.

낮에 나가니, 밥을 먹어야 할 것이고.

낮에 나갔다 들어오니, 씻어야 할 것이고.

씻고 밤이 되면, 지쳐 잠이 들 것이다.

그럼, 그 하루는 적어도 성공한 것이다.

그 후엔, 밖에서 우연히 만난 그대의 친구가

내일 밥 먹자.
내일 영화 보자.

등등의 이유로 당신을 부를 것이다.

그럼 당신은 많은 날을 활력 있게 보낼 수 있을 것이다.

4. 나를 사랑해라, 나를 마주해라

진부한 말이지만, 가장 중요한 것이다.
집중하라고 가장 밑에 놔두었다.

나를 사랑하라, 그리고 나를 마주해라.

말만 쉽게 한다고 생각할 그대를 위해,
몇 가지를 말해주자면.

그대가 거짓말을 할 때,
떨리고.
불안하고.
미칠 것 같지 않은가?

그럴 때, 친구나 가까운 이에게 말을 털어놓으면
언제 불안했는지 모르게 감정이 사라지지 않는가.

이와 비슷하다.

나를 사랑하는 것도,
나를 마주하는 것도.

처음만 어렵지.
막상 해보면 별거 아니다.

그렇지만 효과는 대단하다.

그렇기에 그대에게 추천하는 것이다.

화자는 효율적인 것을 사랑한다.

효과도 없고, 검증되지 않고, 어려운 것을
그대에게 추천하지 않는다.

그러니 이번 한 번, 화자인 나를 믿어보는 것도
나쁘지 않은 듯하다.

확률이 희박한 복권을 매일같이 사는 것보다,
화자가 말한 것을 한 번 따라 하는 것이

쉽고 능률적이다.

나의 단점,

이상하게 남의 단점은 포용할 수 있고,
배려심 많게 그럴 수 있다고 생각하는데.

나의 단점만 생각하면, 죽기보다 싫고.
알려지기도 싫고, 알고 싶지도 않지 않는가.

화자도 그랬다.

그런데, 한 번 인정하고 나니.
다음, 비슷한 상황이 와도
별거 아닌데?

라는 생각이 들었다.

또, 인간이 간사한 게,
내 단점이 괜찮아 보인다.

적응의 동물이라 그런가...

하여튼, 나의 단점을 있는 그대로 보기 시작해라.

또한, 나를 사랑해라.

나는 생각보다 귀엽고,
깜찍하다...

이 황홀하고, 짜릿한 경험을 같이
느꼈으면 한다.

그게 심해지면 나르시시즘이 되니, 주의하자.

사랑하자, 나를.
나를, 그대로 봐주고.
인정해주자.

이런, 총 네 가지의 방법을 소개해 봤는데,
어떻게 할 마음이 생기는가?

강요하는 것은 아니고, 나의 글을 보고
솔깃해지기만 해도

화자는 만족한다.

그대는 너무나도 귀여운 존재이기에.

방어기제

-

-

방어기제. 인간이라면 하나씩은 가지고 있는 방어기제. 오늘은 방어기제에 대해 말해보려고 한다. 방어기제란, 자아가 위협받는 상황에서 무의식적으로 자신을 속이거나, 상황을 다르게 해석하여. 감정적 상처로부터 자신을 보호하는 심리 의식이나, 행위를 가리키는 정신분석 용어를 말한다. 예를 들어, 고슴도치가 위협받는 상태에서 가시를 세우는 것과 같다. 각자에게 발현되는 방어기제는 다르기에, 각각 다른 대처방안이 필요하다. 화자는 진로가 정신과 의사였던 적도 있었고, 평소 정신의학에 관심이 있기에. 주변인과 대화하거나, 인간을 관찰할 때, 방어기제가 보이곤 한다. 그럴 때마다, 저 사람은 저런 방어기제를 가졌군. 또는 이러한 부분에서 방어기제가 발현되는군. 원인은 이런 부분에서 파생된 것인가를 생각한다. 결론적으로 화자가 방어기제를 가져온 이유는... 그대들에게 방어기제 대처방안을 알려주기 위해서이다. 또한, 나의 방어기제를 소개하고, 나는 어떻게 대처했었는지. 왜, 이런 방어기제가 형성이 된 이유에 대해 말해

볼까 한다. 나의 방어기제는, 스트레스를 받는 상황으로 부터 회피하는 성향을 보이고. 누군가 나의 약점을 알게 되거나, 나 스스로 그런 상황에 부닥쳐있다고 느끼는 순 간이면, 신경질적으로 되고. 더 크게는 상대랑 이야기를 중단하는 모습을 보이곤 한다. 나의 이런 방어기제는 미성숙 단계로, 갈등 상황이나, 문제 상황에서 무조건 도피 하고자 하는 동기가 강하고. 외적인 상황에 순응하며, 문제 해결을 체념하는 행동 방식에서 비롯된 것이다. 그렇 기에 맞서거나, 해결하려 하지 않고. 회피하는 것이다. 그렇지만 잘 알아야 할 것이, 방어기제 중 회피와 회피 성 성격장애와는 조금 다르다. 방어기제 중 회피는, 다양 한 방식과 이유로 회피할 수 있는 반면. 회피성 성격장 애는 거부 불안 때문이다. 사람과 친밀해지고 싶지만, 진 정한 나를 알게 되면 거부하고, 버림받을 것이라는 두려 움 때문에 선제적으로 회피하는 것이다. 그렇기에, 나 자 신이 내가 가진 방어기제가 무엇인지 알고, 대처한다면 조금 더 이로울 수 있다. 나는 이런 방어기제가 발생할 때, 회피하지 않으려 했다. 가장 큰 기능이 회피였기에 스트레스받는 상황에서 도망치려 하지 않았던 것 같다. 그러다 보니, 스트레스받는 상황에 조금 익숙해질 수 있 었고. 맞대어보니, 그리 큰 문제가 아니라는 것을 인식하 게 되어 스트레스의 정도도 덜하게 됐다. 나의 방어기제 가 발현된 가장 큰 이유는, 나의 완벽주의 강박 때문이 라고 생각한다. 나는 완벽주의 강박감이 강한 편에 속했 기에. 무엇을 해도 완벽해야 하고, 체계적이어야 했다. 이 중 하나라도 지켜지지 않으면, 신경적으로 예민하게 되었고. 남의 시선을 중요시하는 내겐 꽤나 스트레스받는 일이었다. 그렇기에 이런 스트레스에 방어하기 위해, 나는 회피라는 방어기제가 발현되게 된 것이다. 나뿐만 아닌, 그대들이. 자신이 가진 방어기제에 대처하려면, 나의 상태에 직면해야 한다. 내가 스트레스받는 상황은 어떤 상황인지. 그럴 때마다, 나는 어떻게 대처했었는지. 분석하다 보면, 나의 방어기제가 무엇인지 알게 되고. 대처하는 방안 또한, 알게 된다. 만약, 나의 방어기제를 모르겠다면, 주변 지인이나 가족을 통해 알아봐도 좋다. 내가 나의 방어기제를 아는 건, 부끄러운 것이 아니고. 내가 나를 이해하고, 앞으로의 내 삶을 효율적으로 즐기기 위함이다. 이러한 것을 기억하면 좋겠다.

사과가 되지 말고 도마도가 되라

-

-

사과가 되지 말고, 도마도가 되라라는 말을 아는가.

이 말의 뜻은 북한어로... 사과처럼 겉만 붉고 속은 흰 사람이 되지 말고, 토마토처럼 겉과 속이 같은 건실한 사람이 되란 말이다. 이 말을 듣자마자 평소 내가 가진 신념과 비슷하여 좋아하는 말이 되었다. 화자는 객관성을 바탕으로 살아가는 것을 좋아한다. 그렇기에 아무리 친한 관계라 하더라도 편을 들거나 하는 경우는 없다. 이게 화가 된 경우도 있었지만.. 그렇지만 인간이 살아가면서 줏대의 바탕이 되는 신념이 꼭 필요하다고 생각하기에 방식이 잘못되었다고는 생각하지 않는다. 그대들은 어떻게 생각하는가? 그대들의 신념은 무엇이고, 그 신념을 가지고 인생을 살아가는 것에 어떻게 생각하는가? 화자의 경우 객관성이 바탕이 되어 행동하고, 생각하고, 따르는 것을 좋아하다만 유연함을 가질 필요는 있다고 생각했다. 그렇담 유연함을 어떻게 기를 것이냐... 객관성을 가져야만 하는 특수 상황에만 내가 가진 신념을 사용하는 것이다. 그 외에 상황에는 객관성을 조금 내려놓아도 좋을 것 같다. 그렇게 되면 유연함과 나의 신념 두 가지를 지킬 수 있으니 내가 앞으로 인생을 살아가는 데

이로울 것이다. 이렇게 천천히 나의 신념을 지켜나가다 보면 나 자신을 존중해주는 기분이 들어 좋다. 또한 자존감도 올라가게 되고, 사람 자체가 무언가에 연연하지 않게 되는 것 같다. 그러니 자유의 아름다움을 알게 되고 나, 자신을 진정으로 사랑할 줄 알게 된다. 또한, 나 자신을 지킬 수 있는 방법이 되기도 한다. 내가 좋아하는 이와 사랑하는 이에게 믿음을 주고, 나, 또한 그들이 주는 믿음과 사랑을 진정으로 받아들일 줄 알게 된다. 긍정적인 작용을 많이 하게 된다. 아마 신념을 지키는 것은 나를 사랑하는 것과 같은 의미로 느껴진다. 나는 이러한 감정을 내 친구, 지인, 가족, 내가 사랑하는 이가 느끼길 바란다. 아주 작고 귀여운 그대들이 이러한 감정을 느껴 앞으로 인생을 살아갈 때마다 이 점을 기억한다면, 나는 아주 행복할 것 같다. 내가 사는 이유 중 하나가 될 것 같다. 나는 나를 포함한 많은 이들이 사과가 되지 말고, 도마도가 되었으면 한다. 긴곡히.

나를 사랑하는 법_어째서 나를 잊어버렸나

-
-

나를 사랑하는 법을 알려주세요. 살아가며 수없이 외치던 문장. 과연 이 문장에 답을 제대로 할 수 있는 이가 얼마나 될까. 어렵게 생각하기 싫었던 나는 그냥 나를 위한 행동을 늘려갔다. 혼자 먹더라도 정성껏 예쁜 플레이팅을 하기, 좋아하는 와플 집에 가기. 어느 날은 하루 종일 좋아하는 영화를 보며 햇빛을 마주하고, 좋아하는 향수와 인센스로 방 안 가득 채우기. 나만의 플레이리스트 만들기, 혼자 산책하기, 쇼핑하기. 아니면, 지금처럼 사색을 하며, 무엇이라도 써보기 등등. 나를 위한 행동과 내가 좋아하는 것들을 하나씩 경험하곤 했다. 사람들은 살아가며 가장 중요한 존재인 나를 잊어버리고선, 나의 취향은 무엇인지. 내가 가장 좋아하는 음식은 무엇인지, 쉬는 날엔 어떤 것을 하는지를 까먹곤 한다. 그게 조금 불쌍해. 그리고 속상해. 아직 진행 중인 나까지도. 나를, 내가 잊어버려선 안 됐는데. 남들이 다 잊어버려도, 나는 나를 잊어버려선, 안 됐어. 나는, 나를 가장 사랑해야 했는데. 나는, 나를 우선으로 생각했어야 했는데. 내가 내게 가장 예쁜 말과 칭찬을, 오늘의 기분은 어땠냐며 질문을 해줬어야 한다. 나는 식물과도 같아서 지속해서 돌봐주지 않고, 햇빛을 보여주지 않고, 물을 주지 않으면 시들어버리곤 만다. 그렇기에 내가 나를 가장 돌봐야 했어. 내가 나를, 가장 사랑해야 했던 거야. 내가 생각하기에, 나를 사랑하는 법은 정해져 있지 않다. 모든 것에 답이 있다고 생각하지 않고, 모든 답에 정의도 내리지 않고, 내가 느끼는 바를 최우선으로 생각하여 살아가면 된다. 또한, 그냥 나를 마주하는 거야. 포장하려 하지도 말고, 그냥 있는 나를 마주하는 거야. 나의 모난 점을, 둥글지 않은 나의 점을 고치려 하지 말고. 그냥 나를 안아주는 거야. 세상 가장 따뜻하게 나를 품어주면 되는 거야. 그리고 나의 이야기에 귀를 기울이고, 나를 예뻐하고. 내가 조금 싫은 날에는, 조금 쉬었다가 다시 화해하기도 하고. 그렇게 살아가면 되는 거야. 내가 내게 가장 집중하며, 나를 주체로 존중하고, 인정하며. 우리 함께 이 모난 세상 같이 살아가자고, 손잡아주고, 이끌어주고, 기다려주면 되는 거야. 우리가 나를 사랑하는 법을 잊으면, 그때부터 다시 시작하면 되는 거야. 내가 나를 사랑하는 것을, 다시 이어가면 되는 거야.

우아한 와인을 마시는 이의 표정은 어떠할까

-

-

우아한 와인을 마시는 이의 표정은 어떠할까요. 상상해 본 적이 있으십니까. 나는 모든 인간이 와인과 같다고 생각합니다. 와인의 숙성 방법을 아십니까. 와인은 다른 음식과 달리 숙성 기간이 매우 깁니다. 깊을수록 더 좋은 평가를 받곤 하죠. 맛도 훌륭하고요. 그럼 이런 와인을 마시는 이는 어떠할까요. 아무리 좋은 와인이라도 많이 마셔보지 않은 사람은 그 와인이 좋은 와인인지의 유무를 구분하지 못할 것입니다. 내가 생각하는 우아한 와인을 마시는 이의 표정은 참으로 황홀한 표정입니다. 또한, 무덤덤할지도 모릅니다. 우아한 와인은 자신과 닮았거든요. 우아한 와인을 만들기 위해선, 포도를 깨끗이 씻어, 상한 곳은 골라내며. 모양이 예쁘고, 신선한 것들로만 모아 물기를 제거해야 합니다. 그 뒤엔 손질한 포도알을 넣고, 터트린 후엔, 설탕을 넣어 발효통 안에서 장시간 숙성을 시켜야 하죠. 온도도 중시해야 합니다. 발효는 1차로만 끝나는 것이 아닌, 몇 차례 동안 진행이 되어야 하고. 발효가 되는 동안 탄산가스가 발생하여 포도 껍질과 과육이 떠오르는데, 하루에 한 번씩 잘 저어 섞어주어야 합니다. 발효가 끝난 다음은, 과육을 걸러낸 액체를 받고. 그 후, 우리가 아는 와인이 되는 것이지요. 하지만, 우아한 와인을 여기서 끝이 아닌, 이러한 행위가 반복되고. 시간이 지나야만, 비로소 우아한 와인이 됩니다. 또한 와인의 종류는 여러 가지입니다. 레드, 화이트, 스파클링, 로제, 주정 강화 등등... 이처럼 수만큼 각자의 특색이 깊은 와인은 참으로 우아합니다. 역시 그렇기에 우아한 와인을 마시는 이의 표정은 황홀하고, 무덤덤한 것이겠지요. 우아한 와인이 되기까지 많은 노력을 해왔으니 말입니다. 우리 인간은 다들 각자의 와인을 가지고 있습니다. 자신의 와인이 어떤 색을 가지고, 발효를 거치며, 종류를 정하는 것은, 나 자신입니다. 달달한 와인이 되기도. 처음엔 산미에 놀라다가도, 끝은 향긋한 향이 되기도. 톡톡 터지는 스파클링에 상쾌함을 가질지도. 다 내가 정하는 것이지요. 그대는 그대의 와인이 어떤 종류, 맛, 향기를 가지기를 원하십니까? 우리가 겪고, 살아온 것은 와인의 발효 정도가 되어줄 것이고. 우리가 느낀 감정들은 와인의 종류와 색을 나타낼 것이고. 그대의 아픔과 사랑, 지금까지 열심히 싸워오신 그대에게 우아한 와인이 되어줄 것입니다. 그럼 그대는 마침내 우아한 와인을 마시고선, 표정을 짓게 될 것입니다. 과연 자신의 와인을 마시고 난 후에 짓는 표정이 어떨지 기대가 됩니다. 그대만의 와인, 우아한 와인을 마시는 이의 표정은.

과거 속에 산다는 것

-

-

과거 속에 산다는 것은 무엇을 의미할까요? 과거를 그리워하는 것? 아님 변질하지 않은 아름다움을 마주하고 싶었던 것일지도 모릅니다. 나는 과거를 좋아합니다. 과거 이야기를 하고, 과거를 회상하며, 살아가거든요. 아마, 과거를 회상하지 않았다면. 나는, 없었을지도 모릅니다. 그렇지만, 나와 같은 사람은 많지 않은 것 같습니다. 내가 특이한 것일지도 모릅니다. 나의 친구는, 과거를 사랑하며, 과거 속에 사는 날 보며, 이런 말을 했습니다. 과거는 어차피 과거일 뿐이고, 못 돌아가는 것이 과거다. 과거가 좋아서, 과거 속에 사는 것은, 나 자신이 너무 마음 아플 일이다, 자신을 스스로를 아프게 하는 것이다. 잔인하다. 이 말에 동의하지 못하는 것은 아닙니다. 지워지지 않는 나의 과거는 나를 언제나 아프게 만들 수 있으니까요. 그렇지만, 내가 과거를 좋아하는 것은, 딱 하나의 이유 때문입니다. 과거가 그리워서가 아닌, 정말 과거 자체가 좋기에. 나는 과거를 좋아하고, 과거 속에 사는 것입니다. 사람들이 동화를 좋아하는 이유와 비슷하다고 생각하시면 좋을 듯합니다. 나의 과거는, 놀이동산 풍선과 같아서. 나를 설레게 하고, 둥실둥실 떠다니게 합니다. 그때의 우리는, 지금의 현재와 달리. 변하지 않고, 반짝임을 유치한 채 남아있으니까요. 과거의 나는, 그때의 우리는 행복했습니다. 아픈 우리도 분명히 있었지만, 너무나 예뻤던, 그때의 우리를 나는 잊을 수 없어서, 과거를 회상하며, 기분 좋음을 느끼곤 합니다. 단지, 과거의 우리가 예뻤기에, 그뿐입니다. 그립진 않습니다. 하지만, 나는 아름다움을 좇고, 사랑하기에. 더더욱, 나의 과거 속 안에 사는 것입니다. 내가 나비가 된 듯, 자유롭고, 아름답습니다. 터지지 않는 비눗방울 같습니다. 그대들에게는 과거 속에 산다는 것이 어떤 의미이며, 그 이유는 무엇입니까?

매일 밤 자기 전에 새기던 말

\-

\-

지금은 아니고, 내가 어린 나이였을 쯤. 매일 밤 자기 전 새기던 말이 있었습니다. 내일이 지나면 아무 일이 아니게 해주세요. 내일이 지나면 다 해결이 될 거예요. 내가 마법처럼 외치던 말이었습니다. 그땐, 이 말을 외치고 새기는 것만으로도 안정되었습니다. 그렇기에 매일 밤 이 말을 주문처럼 외우고선, 다음 날 아침이 밝아오길 바랐습니다. 깜깜한 밤은 어린 내게 너무 무서웠습니다. 내가 좋아하던 달님도 숨어버릴 만큼 깜깜한 밤이었거든요. 그대는 자기 전, 새기던 말이 혹시 있었습니까? 그대도 주문마냥 외쳤습니까? 밤은 무섭지 않았습니까? 내가 그대의 손을 잡아줬으면 그대는 밤을 편안히 보내셨을까요. 나는 있죠, 행복한 밤을 원하지 않습니다. 행복하면 불안해요. 과연, 행복 뒤에 무엇이 나를 기다리고 있을지. 무언가를 얻으면, 무언가 사라진다는 것을 어린 나는 잘 알고 있었습니다. 나는 행복한 밤이 아닌, 편안한 밤을 좋아합니다. 아무 생각 말고 편안히 밤을 보낼 수 있는 것을요. 달님이 무서워하지 않고, 내가 잠드는 것을 기다렸다 달님도 잠에 드시는 것처럼요. 요새, 나는 자기 전 무슨 말을 새기냐면요. 아무 말도 새기지 않습니다. 내가 새기고 잔 그 문장이 이루어지지 않았을 경우, 내게 올 절망감과 소름 끼치게 차가운 온기를 느끼고 싶지 않았거든요. 내가 죽었다고 모든 것들이 이야기해주는 것 같아서, 요새는 마법을 부리지 않습니다. 마법사는 없어요. 괴짜만 있을 뿐입니다. 그래도 마지막으로 잠들기 전엔 외치겠어요. 편안히 자고 싶다라고요. 달님도 무서워하지 않을 어둡지 않은 밤이 오게 해주세요. 그렇지만, 너무 밝은 것은 싫습니다. 뜨겁지 않았으면 좋겠어요. 약간의 빛이 들어오는 어둠 정도였으면 좋겠습니다. 조금의 소음과 함께요. 너무 웃거나, 너무 울지 않았으면 좋겠습니다. 그럼, 평온하고, 안온한 밤, 보내시길.

4부:박수민

커피 여섯 잔은 무리인가 봐요

-

-

무작정 커피를 마셨습니다. 주로 공허할 때, 그것을 채우고자 커피를 마시곤 합니다. 이 날은, 많이 공허했던 날인가 봅니다. 연달아 마신 건 아니었고, 두 타임에 거쳐 커피를 마셨습니다. 커피를 마시게 되면, 나에게는 알코올을 마셨을 때와 비슷한 현상이 나타납니다. 정신이 몽롱해지고, 긴장을 덜 하게 되어, 말초신경은 무뎌집니다. 그래서 공허한 기분이 들 때쯤, 카페인으로 하여금 나의 공허함을 감췄습니다. 커피를 마시고. 내가 좋아하는 잭 스타우버의 노래를 들으면, 나의 공허함을 잠시나마 가릴 수 있거든요. 근데, 이날은 무리였나 봅니다. 언제든 카페인으로 나의 공허를 지울 수 있었는데, 이날은 아니었습니다. 무던한 나의 말초신경을 자극하고, 이러한 현상은 나의 심장이 빨리 뛰게 했으며, 나의 불안을 가져왔습니다. 모두가 나를 집중하는 느낌과 누군가 나의 척추 선을 불꽃놀이를 할 때, 불을 붙이는 것과 같이. 그 뜨거운 열기가 내 척추 선을 타고 올라와, 나의 머리로

가는 것 같았습니다. 나의 아미트립칠린도 소용이 없더군요. 나의 맥시멈 카페인양은 6잔을 넘지 않는 것인가 봅니다. 나의 공허함도 하루 최대 6개가 끝인가 봅니다. 나의 공허의 치사량을 넘지 않도록 조심해야겠군요. 기억하겠습니다. 나의 공허 카페인 치사량은 6개인 것을.

4부:박수민

어릴 땐 내 세상이 제일 큰 줄 알았는데

-

-

어릴 땐, 나의 세상이 가장 큰 세상인 줄 알았다. 나만이 이 세상에서 가장 빛나고, 무엇이든 할 수 있다고 생각했다. 실제로, 그러기도 했다. 가장 좋아하던 미술 부분 상은 독차지 하였으며, 누군가에게 내가 알고 있는 지식을 알려주는 것을 좋아했다. 누군가에게 나의 이야기를 하는 것을 즐겨하고. 좋아하거나, 관심 있는 것은 말할 수 있는 아이였다. 그렇게 나의 세상이 점차 더욱이 커져 어른이 될 줄 알았다. 하지만 현실은, 중학교에 올라가면서 깨닫기 시작했다. 중학교에 올라가다 보니 다양한 아이들이 있었고, 그 아이들 또한 나와 같이 좋아하는 것과 관심 있는 분야가 하나씩 있었다. 그 아이들은 수업 시간에 자신 있게 대답했고, 성적 또한 우수했다. 이때부터, 나는 내 세상만이 있는 것이 아니라는 것을 알았다. 지금 생각하면, 이때를 정말 후회한다. 각자 잘하는 분야가 다르다는 것을 인정해야 했다. 그러곤 나를

사랑해야 했다. 하지만, 현실은 내가 별거 아니라는 생각
에 기가 죽어버리고선, 나의 빛을 스스로 가두었다. 무엇
이든 할 수 있는 나이였지만, 하려는 생각을 무시하곤
했다. 나보다 우수한 아이와 비교되는 게 무섭고, 그 아
이 옆에 가면 내가 별것 아니란 생각이 들어서 그랬던
것 같다. 나와 같은 생각을 하는 이들에게 전하고 싶다.
스스로를 가두지 말 것. 자신의 가치를 낮추지 말 것. 포
기하지 말 것. 우리들의 인생은 드라마와 같다. 나는 이
드라마의 주인공이다. 나는 나만의 길을 가고 대본을 만
들어 나가면 된다. NG가 나면, 다시 그 장면을 찍으면
된다. 그렇게 천천히 나의 속도대로, 나의 드라마를 완성
해 나가면 된다. 그리고 그대들도 나와 같이 나아갔으면
좋겠다. 나는 나의 세상에 살면 되는 것이다. 그 크기는
남에 의해 결정되는 것이 아니다. 오로지 나만이, 나의
세상의 크기를 정하는 것이다. 나는 앞으로 나의 세상을
확장해 나갈 것이다. 오로지 나의 손으로, 나 스스로.

4부:박수민

사랑받는 사람이 되고 싶었어요

-
-

사랑받는 사람이 되고 싶었다. 따뜻한 온기를 받고, 따뜻한 이야기를 나누는, 그런 사람이 되고 싶었다. 내가 좋아하는 이들은 대체로 빛났는데, 그런 이들처럼 많은 이들에게 사랑받고 싶었던 것 같다. 사랑받고 싶단 욕구가 강했다기보단, 누군가의 사랑을 받는 과정이 너무나 아름답고 황홀하곤 해서. 사랑을 받고 싶어 했던 것 같다. 누군가에게 사랑을 주고 사랑받는 것을 좋아한다. 그렇지만, 나는 생각한다. 누군가에게 사랑받지 못한다면, 내가 나를 사랑하면 되는 것 아닌가? 누구를 사랑하는 것은 쉽지만, 내가 나를 사랑하는 것은 어려운 일이다. 그런데도, 내가 나와의 사랑에 빠지고. 내게 사랑을 주는 이가, 내가 된다면 더 큰 황홀을 얻게 되는 것은 아닌가? 사랑에 죽고, 사랑에 사는 것처럼. 내게 죽고, 나로 인해 사는 것이다. 전엔 이러한 생각을 하지 못해서 내가 나를 갉아먹고, 등한시하였다. 사랑받지 않으면 불안해하는 그런. 그렇지만, 내겐 가장 큰 힘이 있지 않은가. 내가 나를 사랑하는 힘. 내가 나를 돌봐주는 힘. 내가 나를 귀여워해 주는 힘. 나르시시즘이면 어떠한가. 호수에

173

비친 내가 너무 사랑스럽다는데, 뭐 어떡할 것인가. 남이 사랑해주기를 바라기보다, 호수에 비친 아름다움을 마주하며 살 것이다. 사랑받는 사람이 되고 싶다면, 사랑을 주는 사람이 되면 된다. 나는 사랑한다, 나를. 나는, 사랑받는 사람이 되고 싶은 사람이다. 나는, 사랑받는 사람이다.

4부·박수민

모순

-

-

인간이 살아가면서, 절대로 변하지 않는 점. 바로 모순이다. 불변성을 가진 이 모순은, 우리가 앞으로 어떻게 대처해야 할까. 나는, 인생을 살아가면서 이 모순으로 인해 난처한 상황에 많이 놓이곤 한다. 어떤 이가 싫다가도. 내게 조금의 선의를 보이면, 좋아지기도. 싫어했던 크림 파스타가 좋아지기도. 싫었던 계절이 좋아지기도. 실제 내 글을 읽기만 해도, 모순적인 부분들이 많을 것이다. 그렇지만, 나는 이렇게 생각하기로 했다. 모순이든, 아니든 그것은 나이지 않은가? 또, 사람으로 태어났거든, 변할 수 있는 건, 당연한 것 아닌가? 불변성이란, 우리가 앞으로 인생을 살아가며, 자주 등장하는 아이이다. 그러니, 우리는 지금부터 이 불변성이란 아이와 친해지면 된다. 그리고 날씨를 알려주는 기상청도 번번이 틀리는데, 내가 인생을 살아가면서, 모순 몇 번 마주한다고, 죽을 것도 아니고. 뭐, 모순도 나. 나도 모순... 이렇게 생각하고 인생을 살아가도 좋지 않나 싶다. 나는 오이는 싫지만, 김밥에 들어간 오이는 좋아!

바다

-

-

넌, 내게 바다 같다고 했어. 나와 대화하면 깊어지고, 빠져나올 수 없고, 몽글해진다고. 너는, 아마 나를 밤바다라고 여긴 듯해. 실제 바다는 너무 깊어, 그 안에 무엇이든 지 아무도 모르곤 한다. 아마, 너도 그랬던 것 같고. 그게, 우리의 헤어짐의 이유가 된 것이겠지. 네가 좋아하는 밤바다는, 매년 돌아오니. 네가 원한다면, 찾아와 줬으면 좋겠다. 네가 내게 바다 같다고 말한 순간으로부터, 나는 그 말에 의미를 찾기 시작했고. 지금, 또한 그 말의 의미를 정확히 정의하진 못한다. 그렇지만, 내가 생각하기에 바다 같은 사람은, 네가 숨 쉴 수 있었던 상대가 나이지 않을까, 이런 생각을 했다. 그때, 너는 위태로웠고, 바람이 불기라도 하면 바스러질 것만 같았으니까. 그렇기에 너와 만난 내가 바다라고 느껴진 것이겠지. 하지만, 요새 나는 이런 생각을 한다. 너는, 앞으로 많은 사람을 만나겠지만, 바다란 사람은 나 뿐이기를. 또한, 그 사람들이 바다라고 느껴진대도, 밤바다는 유일하게 나이

176

기를. 그 사실을, 너도 잊지 않고, 살아가기를. 매년 오는 계절처럼, 매년 내가 너에게 조금씩은 남아있기를. 맞다. 이건 욕심이다. 너에게 연락 한 통 보내지 못하면서, 나를 잊지 않길 바라는, 나의 하나의 수단이다. 그렇지만, 너는 나를 떠났고. 아침에 오게 되면, 밤바다는 사라지게 되니. 나는, 이제 바다 같은 사람이 되고 싶지 않다. 어차피 떠나갈 너라면, 나에게 이런 달콤한 말을 남겨선 안 됐다. 너는, 큰 실수를 한 것이다. 매년 계절이 겨울로 바뀔 때는, 바다를 사랑하는 네가 내가 떠오를 것이고. 네가 바다를 찾아갈 때쯤, 나의 존재가 떠오를 것이고. 나, 또한. 바다를 사랑함으로써, 바다를 갈 때마다 너와의 추억을 곱씹고, 네가 해준 달콤한 말을 위안 삼으며, 나는 앞으로 살아갈 테니까. 바다는 아름답고 사랑스러우며 너와 내가 사랑했던 피사체였지만. 네가 사랑한 바다 같은 사람은 되고 싶지 않다. 너에겐 바다가 상처가 날 때마다, 가고 싶은 곳이고. 너의 아픔이 드러날 때마다, 바다에 갈 테니. 또한, 너의 상처가 사그라질 즘 바다에서 떠나 육지로 가겠지. 그렇다면, 바다란 존재는 아름다운 것이 아니라 외로울 것 같다. 언제나 네가 오길 기다리면서도, 네가 오는 것이 싫고. 네가 떠나는 모습을 볼 때마다, 자신이 바다임을 후회할 테니까.

어린 애정 (부제: 서툰 애정)

-

-

눈물이 가득 차오른다. 평소 나는, 감정을 표현하는 게 어려워 상대를 만날 때에도 어린 애정을 표현하는 듯했다. 자존심을 부리고, 헤어짐을 무기로 사용하는, 그런 어린 애정. 그땐, 이게 잘못이라고 생각하지 못했다. 그렇기에, 결말이 그리된 거겠지만. 감정이 서툴렀고, 만나는 또는 교류하는 상대에게 많은 질문을 하지 않았다. 항상 상대만 나에게 질문을 했지. 누군가와 우연히 접점이 생겼는데, 상대는 나에게 질문할 게 없냐 물었다. 그러면서 왠지 모를 나를 누르는 중력감과 함께 나는 질문을 하기 시작했다. 이때 알았다. 질문의 달콤함을. 상대에게 궁금한 점을 질문하고, 내가 의문이 든 것에 대한 답을 상대에게 듣는다는 건 짜릿하고 가슴이 뛰는 행위였다. 왜 이걸 몰랐지? 온몸에 소름이 돋았다. 이때부터 깨닫기 시작한 것 같다. 좋아함을 표현하는 건, 약점이 되는 것이 아닌, 내가 조금 더 행복에 빨리 빠질 수 있다는 말임을. 또한, 깨닫기 시작하니 많은 사람이 떠올랐다. 내가 사랑했던 친구, 연인, 지인 내가 이걸 더 빨리 깨달았다면, 과연 달라졌을까. 달라지지 않을지도 모른다. 하지만, 그때 당시 나에겐, 후회 정도는 지금보다 덜 하겠지. 이걸 보는 당신도 나와 비슷하다면 어서 빨리 나와 같은 감정을 느낄 수 있길 바란다. 감정에 솔직해지고. 이 세상에 나와 그 둘뿐인 것 같고. 우리 둘만이 주인공, 다른 이들은 엑스트라인. 둘만의 사랑에 빠지는, 그런 짜릿한 쾌감을 당신도 느끼길 바란다. 정말 온 세상이 핑크빛으로 물들고, 아무것도 들리지 않는다. 사소한 것을 해도, 그 행위는 무차별적으로 커지고. 그에 대한 나의 마음, 나의 중추신경계는, 나노 단위로 찢어져 민감해진다. 마치 눈의 결정이 나의 신경계가 되어 내 몸 전체에 퍼지는 느낌이다. 사랑이란 것은, 짜릿한 것이며. 이 짜릿함을 느끼려면, 나에게 솔직해져야 한다. 다른 것을 제외하고, 내 감정에만. 오로지, 내 감정에만 집중하고, 나에게 솔직해지며, 내가 원하는 게 뭔지 마주한다면, 당신도 짜릿한 사랑을 할 수 있을 것이다. 언제 헤어질지 불안해하는 어린 애정은 사라진 채.

이젠 소문자가 되어버린 당신에게

-

-

대단하리 대단할 만큼 큰 당신의 존재 J는 애석하게도 작은 점이 찍혀 j가 되어버렸습니다. 몰랐습니다. 점 하나가 찍히는 게 얼마나 무서운 건지요. 점이 찍혀버린 이상 나는 당신에게 사소한 날씨가 무엇이냐는 질문도 할 수 없습니다. 당신의 오늘은 어땠고 오늘 하루의 기분은 좋았는지도요. 현재에서 과거가 되고 완제였던 당신이 무제가 되어버렸습니다. 그렇게 점은 무서운 힘을 가졌어요. 온몸에 힘이 들어가지 않고 아침이 오지 않았으며 매일이 차가운 겨울 같았습니다. 우리가 만나던 아름다운 겨울이 아닌 만나지 못하는 겨울이 되고야 말았습니다. 나는 당신의 모든 것을 사랑이란 카테고리에 담고 싶었지만 박수민이란 카테고리에 담았습니다. 점이란 것은 무서운 일이며 점 하나가 찍힌다는 것은 얼마나 무서운 힘을 가졌는지 나는 알았습니다. 나는 우리의 걱정에 점을 찍고 싶었지만, 우리에게 점을 찍었습니다. 점이라는 것이 세미클론에 찍히는 점처럼 극복이란 의미를 담길 바랐지만 문장 끝에 찍히는 마침표란 의미를 담았습니다. 점이란 것은 우리의 대화 속 잠시 쉬어가는 … 뿐이었지만 지금은 대화의 마무리를 뜻하는 .이 되어버렸습니다. 사실 J와 j는 같은 모양입니다. j 위에 있는 점을 지워버리면 J가 되어버립니다. 내가 과연 점을 지울 수 있을까요? 내가 점을 지우길 당신도 바라실까요? 점이란 것은 무서운 일이며 점 하나가 찍힌다는 것은 얼마나 무서운 힘을 가졌는지 나는 몰랐지만, 지금은 그 사실을 알게 되었습니다. 저는 몰랐습니다. 점 하나가 찍히는 게 얼마나 무서운 일인지요.

내가 사랑하는 그대들에게

-

-

내가 사랑하는 그대들에게, 일렁이는 설렘을 뒤로 하고 작은 메시지를 담아 엮어 그대들에게 보냅니다. 내가 보내는 이 메시지는, 그대들에게 무언가를 바라고 원해서 보내는 부류의 메시지가 아니오라 내가 그대들을 너무 사랑해서 기록하고 싶은 마음에 보내는 메시지입니다. 나는 관계에 있어, 서툴고 겁이 많았으며, 회피하곤 했습니다. 매사에 비관적이기도 했습니다. 하지만, 이런 내가 그대들을 만나 다채로워지기 시작했습니다. 그대들 덕분입니다. 속 이야기를 하지 않는 내가 일상을 이야기하기 시작했고, 방 안이 내 세상이 전부였던 내가, 신발장을 넘어서기 시작했습니다. 이게 얼마나 큰 변화인지 아는 나이기에, 나는 그대들이 말로 표현하지 못할 만큼 소중하고 사랑스럽습니다. 내가 지금까지 달려온 것에 대한 보상이 그대들인 것 같습니다. 그렇기에 놓치기가 싫습니다. 선물을 받아도 좋았던 적이 없던 내가 그대들과 조금이라도 같이 있으려 하고, 막차 시간 때문에 어쩔 수 없이 헤어져야 했을 땐, 감정이 요동치곤 했습니다. 그대들은 색연필 같습니다. 나는 하얀 백지이고요. 하얀 백지는 색연필로 인해 가치 있을 수 있습니다. 여러 색으로 하얀 백지를 알록달록 채워져 나갑니다. 누구는 이로 인해 몇백억에 달하는 거액을 손에 얻기도 합니다. 나에게도 그렇습니다. 그대들은 나를 다채롭게 하고 나를 가치 있게 합니다. 누군가는 하얀 백지 안에 채워진 색들과 형태를 보곤 하얀 백지 따위를 작품이라고 말하곤 합니다. 그대들은 나를 작품으로 만듭니다. 하얀 백지와 색연필은 언제나 같이 있어야 하기에 나는 그대들과 가능하다면 내가 죽기 전까지 같이 있고 싶습니다. 나의 세상 안에 그대들이 살길 바라고, 그대들의 세상에 내가 살 수 있길 소망합니다. 사랑받는 감정이 또 주는 것이 이렇게 막대한 아름다움을 가졌는지 몰랐습니다. 나는 그대들로 하여금 순수할 수 있었고, 내가 나로서 있게 되었습니다. 고맙습니다. 정말 말로 다 표현하지 못할 만큼 고맙습니다. 그리고 너무나 사랑합니다. 그대들이 있기에 내가 숨 쉴 수 있었습니다. 그대들이 있기에 밖을 나갈 수 있게 되었습니다. 그대들이 있기에 사계절을 만끽할 수 있었습니다. 어쩌면 내 청춘인 그대들에게 서툰 메시지를 엮어 보냅니다. 나의 청춘에게. 나를 작품으로 만들어준 그대들에게. 그리고 내가 사랑하는 그대들에게.

마무리

작가의 말

안녕하세요. '마침표'는 여기서 끝나게 되었습니다.

저의 소음들이 그대들에게 잘 전달되었을까요. 저는 매사에 비관적이기도 하고, 이기적이기도 하며, 겁이 많은 사람입니다. 다정한 이를 보면 괜히 나 자신이 못나보여 가시를 세우기도 합니다. 이런 제가 '마침표'란 글을 쓰게 된 것은, 아마 저를 이해하고 보살피기 위함일 것입니다. 저는 속마음을 타인에게 전달하는 것을 무서워하고, 경계심이 많은 편입니다. 그렇기에 타인에게 내가 가진 고민과 아픔을 털어놓기 쉽지 않았습니다. 제 자신이 점점 사라지는 느낌과 썩어가는 느낌을 받았습니다. 썩은 동아줄이라도 부여잡고 나 좀 숨 쉬게 해달라 빌 정도였으니까요. 숨 쉬는 것도 버겁다고 느낀 저는 점점 터져가는 감정과 생각을 적어나가기 시작했습니다. 그 묶음들은 '마침표'가 되었습니다. 이렇듯 저의 '마침표'는 박수민이란 사람을 구체화한 것입니다. 저의 '마침표'를, 박수민이란 인간을 마주하시고, 느낀 감정들을 고이 간직해 주시기 바랍니다. 시작하기 전, 언급했듯. 무언가 쉬는 타임이 필요할 때, 공허함이 문득 느껴질 때, 저의 소음이 그대의 공허를 잠시나마 감출 수 있길 바랍니다. 그러다 그대의 소음과 마주하여 들어보시기를 바랍니다. 다정한 사람은 아니지만, 따뜻함을 나눌 수 있는 사람이 되었기를. 소음으로 시작하였지만, '마침표'를 읽고난 후엔 악음이 되었기를.

박수민 드림

184

눈

박신비

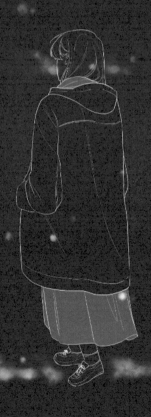

평소와 다름없는 시간이 흘러가고 있었던 어느 날 나는 생각했다. 느낌이 별로 좋지 않다고 하지만 그냥 느낌일 뿐이기에 크게 신경 쓰지 않으려 했다. 하지만 그때의 그 선택은 나중에 나에게 후회스러운 일로 남게 되었다.

작년 말부터 친할머니의 몸은 급격하게 나빠졌다. 평소 가족들에게 짐을 지우고 싶지 않다며 농사를 자식처럼 소중하게 여기시던 분이 농사하지 않으셨다. 할머니는 예전에 종종 엄마와 농사와 관련해서 이야기하신 적이 있으셨는데 대화에 내용은 그때마다 주로 비슷하게 흘러갔다.

"어머님, 연세도 드셔서 힘드실 텐데 농사 그만 지으시는 거 어때요?"
"나는 농사 그만 못 둔다. 나는 자식들에게 부담 주고 싶지도 않고 농사해야 움직여서 집에 가만히 있는 것보다 운동도 돼서 건강해지는 기분이다."라고 말이다.

할머니는 농사 비용 및 병원비 약 비용 그리고 식사비 등 자신에게 자식들이 금전적으로 도움을 주는 것을 원치 않으셨다. 자식들에게 부담을 주고 싶지 않아서 그랬던 것 같았다. 아마 할머니는 돈을 조금이라도 마련하고자 농사를 시작하셨던 것 같다. 지금 와서 생각해 보면 할머니는 아무리 힘들어도 농사를 포기하지 않았던 건 그 정도로 자기 가족을 사랑했기 때문이라 생각한다. 내 기억 속 할머니는 그만큼 따뜻한 분이셨다.

또한 할머니는 그냥 뭐든지 아껴 쓰셨다. 나를 포함한 가족들에게는 아낌없이 주시면서 정작 자신은 낭비하는 법을 모르셨던 분이 할머니다. 할머니는 아무리 깜깜해도 불을 잘 켜지 않으셨으며 물도 최대한 덜 쓰려고 노력했다. 또한 아무리 엄마랑 아빠가 좋은 음식을 챙겨줘도 항상 남은 음식만 드셨으며 별로 비싸지도 않은 음식도 부담스러워하셨다. 해산물을 좋아하시면서 그마저도 자기 손주들부터 챙기고 나서 드셨던 분이셨다.

그렇게 따뜻하신 할머니는 결국 몸이 점점 안 좋아져서 병원에 입원하게 되었다. 엄마는 할머니가 아프셔서 병원에서 병간호하느라 집에 오지 못하셨다. 나는 그때까지도 멍청하게 할머니가 내 곁을 떠날 거라고는 생각하지 않으려 했다.

할머니가 병원에 입원하고 얼마나 지났을까 병원에서 전화가 왔다. 아빠한테 걸려 온 전화였지만 갑작스럽게 걸려온 전화여서 방문을 열고 통화하셔서 나는 그 통화내용이 뭔지 들을 수 있었다.

먼저 내 귀에 들린 건 엄마의 목소리였다.

"하윤 아빠 바빠?"
"아니 왜? 무슨 일 있어?
"의사 선생님이 바꿔 달라고 하셔서 바꿔줄게."
"응 알았어."

188

엄마는 의사 선생님께 전화를 넘겼고 의사 선생님은 말씀하셨다.

"저기 환자분 보호자 분 맞으신가요?"
"네. 그런데 무슨 일이세요?"
"그게 일단 환자분이 암이신 것 같습니다. 제대로 된 검사를 해보는 게 더 확실하겠지만 거의 확실합니다."
"그럼 어떻게 해야 하나요?"
"보호자 분이 지금 제가 보기에는 연세도 너무 많으시고 지금 상태가 너무 안 좋으셔서 저희병원이 큰 병원이 아니라서가 아니라 다른 대학 병원 같은 큰 병원에 가도 수술은 거의 불가능할 것 같습니다."
"그럼 어떻게 고칠 방법이 없나요?"
"다른 병원에 가서서 약물치료를 받는 방법이 있긴 한데 그 치료를 한다 해도 환자분의 병이 괜찮아질 확률은 낮습니다. 한번 어떻게 해보실지 생각해보시겠어요?"
"네 알겠습니다."

통화내용은 이런 내용이었고 나는 아빠가 우는 걸 본 기억이 거의 없는데 나는 이날 집에서 아빠가 우는 모습을 볼 수 있었다. 아빠는 그런데도 할머니 소식을 큰아빠들에게도 전해야 해서 빨리 마음을 가다듬고 전화를 하는 것처럼 보였다. 아빠는 큰아빠들과 전화 후에 최대한 아무 일 없다는 듯이 나한테 말을 거셨고 나도 아빠 앞에서 최대한 아무것도 못 들었다는 듯이 대답했다.

다음날 나에게는 친구들이 새해 복 많이 받으라고 문자를 보내줬지만 차마 그것에 진심으로 답장할 수가 없었다. 새해 첫날부터 나를 맞이한 건 할머니가 진짜로 곧 돌아가실지도 모른다는 사실이었기 때문이다.

그날은 아침부터 친척들이 찾아왔다. 나는 친척들에게 인사를 드렸고 친척들은 아직 아침이니까 방에 가서 더 자라고 방에 들여보냈다. 하지만 나는 할머니의 암 소식이 너무 충격적이어서 잠이 오지 않았고 방에서 친척들이 하는 이야기를 들었다.

우선 큰엄마가 먼저 말씀하셨다.

"어머님 아프시다면서요. 삼촌 생각은 어떠세요?"

큰엄마는 아빠를 삼촌이라 칭하곤 했다.

"저도 잘... 어떻게 해야 할지.... 형수님 생각은 어떠세요??"
"제 생각에는 어머님 큰 병원에 보내는 건 아닌 것 같아요. 이미 수술할 수 없을 정도면 너무 늦었다는 건데 저희 어머니도 암으로 돌아가셨잖아요. 그때 보니까 치료받는 과정이 너무 힘든 것 같더라고요. 괜히 그 힘든 치료만 받다가 돌아가시면 어떡해요. 게다가 요즘 코로나 때문에 면회도 잘 안 되는데 저는 삼촌만 괜찮다면 차라리 저희 집에 모셔가서 남은 시간 동안 어머님 모시면서 같이 살고 싶어요. 제가 모시면 어머님 가족들도 보면서 가족들 품에서 돌아가실 수 있잖아요. 저는 그렇게 해드리고 싶어요."
"그럼 저도 큰 병원에는 안 보내는 게 좋은 것 같다고 생각합니다. 하지만 우리 어머니는 형수님 집에 가시지 않을 거예요. 저희 어머니 성격 아시잖아요. 저희 어머니 농사도 너무 아끼고 이 집 너무 좋아하셔서 이 집 못 떠나세요."
"하지만 새나네는 이제 새나도 고3이고 둘 다 맞벌이여서 어머님 돌보시기도 힘들고 주변에 요양원도 없잖아요. 물론 어머님이 전에 제게 그냥 자기 아프면 집 주변에 요양원 있다고 거기 보내 달라고 하셨는데 거기 의료시설이 그렇게 좋진 않은 것 같아서요. 제가 한 번 어머님께 잘 말씀드려 볼게요."
"네... 그럼 저도 괜찮을 것 같습니다."
"그리고 제가 이런 말 드리기 좀 죄송스럽지만, 어머님 돌아가시면 납골당 봐둔 데가 있는데 거기다 모시는 게 어때요?"

"네 알겠습니다."
"그리고 아무리 봐도 어머님 암이신 거 거의 확실하신 것 같은데 저희 어머님께 어머님 암인 거 비밀로 해요. 어머니 암인 거 모른 체 돌아가시면 좋겠어요. 암인 거 아시면 생각이 많아지실 거예요. 태도도 바뀔 수도 있고요."
"네 알겠습니다."

대화 내용은 간단히 이랬다.

결국 그날 친척들과 우리 가족은 할머니를 그냥 큰 병원에 옮기지 않고 원래 머물던 병원에서 머물게 하다가 집으로 모시고 오기로 해서 병원에 알렸다.

분위기야 당연히 암울한 분위기였고 나는 이제야 할머니와의 시간이 별로 남지 않음을 뼈저리게 느낄 수 있었다.

나는 그날 친척들이 돌아가시고 집 청소를 했는데 문득 아빠한테 갑자기 물었다.

"아빠 할머니 집 언제 오셔...?"
"새나도 할머니가 보고 싶니?"

아빠의 말도 좀 우울한 분위기를 풍겼고 진짜 다시는 할머니를 보지 못 할 수도 있다는 생각과 할머니에게 대체 내가 해드린 게 뭔지에 대한 다양한 생각들이 내 머릿속에 얽히면서 나도 모르게 눈물이 나왔다. 하지만 아빠가 힘들면 더 힘들겠란 생각에 나는 황급히 눈물을 멈추려 했고 방에 들어갔다.
그 후 나는 밤에 할머니를 위한 목도리를 몇 시간째 만들어서 아빠한테 말했다.

"아빠 이거 할머니 드리면 안 돼?"

아빠는 잠시 멈칫하는가 싶더니

"그래 목도리가 두 갠데 둘 중 뭐 드릴까?" 라고 말씀하셨다.

"상관없어 예쁜 거 드리자"
"그래 아빠가 엄마한테 물어보고 갖다줄게"

그 후 대화는 이런 식으로 흘러갔다. 우리 가족들은 평소와 다를 바 없이 지냈다. 물론 다들 속으로는 할머니 생각하느라 힘든 시간을 보냈을 것 같긴 하지만 말이다.
얼마나 흘렀을까 눈이 펑펑 내리던 1월 17일 할머니는 갑작스럽게 돌아갔다.

1월 17일 이날 저녁에 부모님은 할머니가 곧 돌아가실 것 같다는 의사에 말에 부랴부랴 병원으로 가셨다. 그리고 이날 할머니는 세상을 떠나셨다 나와 동생도 장례식장에 갈 준비를 하고 차를 타고 장례식장으로 갔다. 차를 타면서 많은 생각이 들었다. 다 할머니와 관련된 것들이었다. 장례식장에 와서 나는 오랜만에 할머니의 얼굴을 봤다. 병원에 입원하셔서 나는 약 한 달간 할머니의 얼굴을 보지 못했다. 나는 이제 실제로는 할머니를 볼 수 없다는 생각에 슬펐지만, 티를 내지 않으려 했다. 그렇게 코로나 때문에 못 본 친척들 얼굴도 보고 상복을 맞추고 손님들을 맞을 준비를 하며 첫날을 보냈다. 다음 날 아침 일찍부터 손님들이 많이 오셨다. 할머니에게 그 많은 사람이 절을 올리는 모습을 보며 할머니가 코로나 때문에 병원 면회가 금지되어서 가족들을 못 보고 가신 건 너무 슬프지만 적어도 마지막 길은 외롭지 않을 것 같아서 다행이란 생각이 들었다.

솔직히 장례식장에서는 슬픔을 느낄 틈이 없었다. 아무래도 친척들과 손님을 맞이해야 하다 보니 모두 손님들과 대화도 나누고 오랜만에 만난 친척들과도 서로 안부도 묻고 장례식장 관리도 하는 등 여러 일로 바빴기 때문에 잠시 슬픔을 느끼지 못했던 것 같다.

나는 거기서 동생과 함께 유일한 학생이어서 그런지 다들 챙겨줘서 더 그런 것 같았다. 특히 작은 오빠가 잘 챙겨줬는데 계속 나랑 내 동생한테 말 걸고 이불, 베개, 밥 등 그냥 여러 가지로 잘 챙겨줬다. 저녁에는 친구를 시켜서 햄버거까지 사 왔다.

또한 나는 그리고 장례식장에서 오랫동안 못 본 친척 언니를 볼 수 있었는데 별로 만날 기회가 없어서 말을 잘 안 건지 좀 됐는데 그 날 작은 오빠 계속 인사하래서 인사를 했더니 언니랑 이모가 너무 환하게 반겨주시고 그날 이후 뭔가 좀 가까워진 기분이라서 기분이 좋았다.

나는 장례식장에 있는 시간이 뭔가 할머니를 위해 이렇게 많은 사람이 오시고 다들 오랜만에 만나서 이야기도 많이 하느라 북적북적한 게 뭔가 따뜻한 기분이 들어서 좋았다.

하지만 물론 아무래도 장례식장이다 보니까 암울할 때도 있었다. 특히 장례식 이틀째 밤 이모할머니가 오셨을 때가 슬펐는데, 이모할머니의 말이 슬펐다.

"왜 떠나 왜 힘들게 살고만 떠나니... 그렇게 먼 곳으로 어릴 때 떠나서 고생만 하다가니...?"

그렇게 이모할머니는 잠시 동안 할머니의 사진 앞에서 정말 슬프게 우셨다.

나도 할머니가 너무 가족만 챙기면서 사셨던 분이신 것도 같고 대충 어른들이 옛날 이야기하시면 할머니의 삶이 다른 사람보다 힘드셨던 것 같아 너무 저 말에 공감이 됐고 그래서 그 순간이 나도 슬프게 느껴졌다.

하지만 며칠 후 장례식장을 정리하고 할머니께 마지막 인사를 드리고 화장하러 갈 때 그 때에 비하면 슬픈 것도 아니었다. 그때부터가 그렇게 슬플 수가 없었기 때문이다.

그때 서야 나는 다시 한번 죽음을 느낄 수 있었고 가족들도 그때서야 하나씩 눈물을 흘리기 시작했다. 할머니의 마지막 길은 내 기준에서 생각했을 때는 좋았다. 벤으로 할머니를 화장터로 옮기고 많은 사람이 마지막 인사를 하러 장례식장에도 와주시고 할머니가 모셔진 납골당도 굉장히 비싸고 좋은 곳이었으니까 그래서 더 안타까웠다. 할머니의 살아계셨을 때보다 돌아가시고 나서 더 대접을 받는 것 같아서 살아계실 때 잘해주지 못한 게 너무 아쉬웠다. 그렇게 우리들은 할머니의 화장을 몇 시간을 기다렸다. 그때 갑자기 큰아빠가 내게 말을 거셨다.

"너도 저기 들어가서 기다릴래?"
"아.... 괜찮아요."

화장터에는 유족들 대기실이 조그맣게 있었는데 거기서 큰엄마랑 작은오빠는 울고 계셨다. 나도 그 모습을 보니 울음이 나오려 했는데 참고 그냥 할머니의 마지막 모습을 보고 있었다. 그때 큰 아빠가 말 거신 거라 진짜 눈물이 나올 뻔했고 거절한 이유는 그곳에 들어가면 진짜 울 것 같았기 때문이다.

얼마나 기다렸을까. 화장을 끝내고 우리에게 온 할머니는 너무 작았다. 뼈만 담긴 유골함이었는데 그땐 그렇게 작아 보일 수가 없었다. 그걸 볼 때 나는 이젠 진짜 할머니의 살아계신 모습을 못 본다는 생각에 더욱 슬플 수밖에 없었다.

우리는 장례식장이 다 끝난 후 각자 집으로 돌아갔는데 우리 차에 짐이 너무 많아서 작은오빠 차를 타고 갔는데 작은오빠는 집에 가는 길까지 아까 울었던 모습은 온데간데없고 힘든 내색 없이 우리에게 계속 친근하게 말을 걸며 챙겨주면서 집에 데려다주었다.

장례식장이 끝나고 우리 가족은 할머니의 물건을 정리했다. 할머니의 방에 할머니의 물건이 다 사라졌을 땐 항상 예전에 할머니의 방의 모습이 그리워져 몇 번이곤 들어가서 그때 그 모습을 떠올렸다.

특히 나는 새벽에 할머니의 모습이 제일 많이 떠올랐다.

할머니와의 마지막 기억은 내가 새벽에 혼자 깨어있을 때였다.

할머니는 말씀하셨다.

"새나야 이거 할머니가 주는 용돈이야. 예쁜 옷 사 입으렴"

그날은 무슨 날이 아니었는데 할머니가 갑자기 용돈을 주셨다.

나는 그때 기억을 떠올리면 할머니가 어쩌면 자신이 곧 죽을지도 모른단 걸 아셨던 건 아닐까 하는 생각이 내 머릿속에서 지워지지 않았다.

이렇게 할머니와의 기억의 마지막이 새벽 때여서 할머니 생각이 특히 새벽에 자주 났다.
이것 외에도 할머니가 새벽에 자주 떠오르는 이유가 하나 더 있다.

나는 새벽에 혼자 무슨 소리만 조금 놀란다. 내가 사실 새벽 때 좀 나 혼자 깨어있을 때가 있어서 좀 무섭게 느끼기 때문이다. 가위에 눌릴 때 맨날 노랫소리나 막 누가 말하는 소리를 들은 후부터 좀 이러기 시작했다.

하지만 그런데도 나는 새벽에 항상 깨어있는 시간이 많았다. 나는 항상 노는 거랑 공부를 둘 다 포기를 안 해서 잠을 줄이면서 놀 거 다 놀고 공부할 거를 다 했기 때문이다. 그럴 때 나는 할머니가 가끔가다 일찍 일어나시거나 화장실 가려 하실 때 좀 위안이 되었다. 혼자가 아니니까 그래서 나는 할머니가 떠나신 후 할머니가 없는 새벽이 좀 평소보다 더 어둡게 느껴지기 시작했다. 나는 그래서 새벽 시간이 되면 할머니 방을 종종 들렀다. 그땐 뭐 볼 것도 없고 사람도 없는 방이었지만 할머니가 생각이 나서 들를 수밖에 없었다.

나는 그 후로도 한동안 매일 할머니 방을 잠깐 잠깐씩 쳐다보며 할머니 생각을 하며 가끔 너무 슬퍼서 종종 울곤 했다.

할머니가 없는 집은 뭔가 공허하게 느껴졌다. 항상 할머니는 집에 있으셨기 때문에 집에 사람이 없던 적이 없었는데 할머니가 돌아가신 이후 집에 사람이 없는 시간은 늘어났다.
또한 할머니의 흔적이 없어지긴 없어졌다지만 간간이 보이는 할머니의 흔적이 계속 할머니를 생각하게 했다.

장례식에 다녀온 지 며칠 안 돼서 우리 가족은 다시 모였다. 할머니의 제사를 지내기 위해서다. 절에서는 앞으로 49재를 올린다는 이야기와 함께 할머니의 제사를 지내고 납골당에서 다들 한 번씩 할머니에게 절을 올리고 나왔다.

그 후 49재로 우리 가족들은 매주 토요일마다 제사를 지냈고 마지막 할머니가 돌아가신 지 49일 되는 날에 정말로 할머니를 보내드리는 제사를 한 3시간 동안 열심히 지낸 후에야 이번에 길고 길었던 49재가 끝이 났다.

나는 그 후 개학하고 아무 일도 없다는 것처럼 지냈다. 아무렇지 않은 건 아니었지만 그래도 나에겐 해야 할 일이 있었고 이제 할머니에 대해서 슬퍼만 할 때는 지난 것 같다고 개인적으로 생각했기 때문이다.

하지만 마음속으로는 계속 할머니가 떠올랐고 할머니가 언젠가 내 꿈속에 나오길 바라고 바랐다.

그러던 어느 날 내 생일과 가까운 날 할머니가 내 꿈속에 나오셨다. 그 꿈만큼은 잊을 수 없었다. 할머니는 갑자기 살아서 우리 집에 오셨다. 꿈속에서 그날은 비가 와서 어두운 날이었던 걸로 기억한다. 나는 할머니가 너무 반갑고 할머니를 만난 게 너무 기뻐서 어쩔 줄 몰랐다. 나는 그 후 할머니와 방에 들어가서 할머니께 말을 걸었다.

"할머니 정말 감사하고... 죄송해요... 그리고 사랑해요...."

말은 이게 다였지만 이 한마디가 내가 할머니에게 제일 하고 싶은 말이었다.

나는 할머니가 돌아가신 후 자주 후회하면서 생각했다. 혹시라도 할머니가 언젠가 내 이야기를 들어줄 수도 있다는 생각에 머릿속으로 수십 번 할머니께 뭐가 감사한지 뭐가 죄송한지 말했다. 그리고 내가 할머니를 많이 아낀다는 것 등을 진짜 여러 번 머릿속으로 생각했다.

심지어 할머니가 돌아가신 지 얼마 안 됐을 때는 가족들이 다 잠든 새벽에 진짜 내 옆에 할머니가 있다고 생각하고 여태 했던 앞선 생각들을 혼잣말하기도 했다.

하지만 막상 꿈속에서는 저 말밖에 나오지 않았다. 나는 할머니가 언제 또 떠날지 모른다는 생각에 먼저 가장 하고 싶던 말들인 저 말을 전달하고 꿈이 끝나버렸기 때문이다. 그렇게 많고 많은 말 중에 저 말 밖에 못 전했다는 게 분명 아쉬웠지만 그래도 나는 그날 진짜 할머니가 나를 만나러 와주신 것 같아 좋았다. 또한 분명 난 부족한 손녀지만 할머니가 착하셔서 손녀에게 생일선물을 주신 것 같다고 생각하기도 했다.

그 후로도 시간은 계속 지나갔다. 이젠 평소에 할머니가 떠오르지 않을 때도 많았지만 그래도 아직은 할머니만 생각하면 슬펐고 보고 싶었다. 어느 날은 우연히 부모님 서랍에서 결혼사진을 봤는데 할머니의 젊을 적 모습이 찍혀 있었다. 내가 기억하는 할머니의 모습이 분명히 있지만 더 젊고 예쁘셨다.

나는 점점 가면 갈수록 할머니가 내 곁에 이제 없다는 게 실감이 났고 왠지 모르지만 계속 할머니 생각을 하다 보니 할머니와의 추억도 하나씩 떠올랐다.

2008~2009년쯤 (내가 초등학교에 다니기 전)

할머니가 어린이집으로 나랑 동생을 데리러 왔던 것 같다.

2011~2013년 내가 초등학생일 무렵
할머니랑 만두를 만들었고 할머니가 나랑 동생을 위해 라면을 끓여 줬던 것 같다.

할머니는 내가 강아지와 고양이를 좋아하는 것을 알고 계셔 나에게 강아지를 많이 보여주셨다.

2016~2017년
할머니는 겉으로는 무뚝뚝해 보이지만 사실 속은 따뜻하신 분이다. 내가 유기견 한 마리를 안쓰러워하는 걸 알아 내가 할머니 몰래 유기견에게 음식을 가져다주실 때 싫어하시긴 하셨어도 막진 않았다. 또한 그 유기견이 죽었을 땐 할머니가 직접 땅에 묻어주시기까지 했다.

2014~2021년
할머니는 내가 식물을 잘 못 키울 때 대신 가져가서 거의 죽어가던 식물들을 살리셨다. 할머니의 손은 아무래도 생명을 살리는 능력이 있는 것 같다.

　　　　　　　　　　·
　　　　　　　　　　·
　　　　　　　　　　·
　　　　　　　　　　·

할머니는 집을 좋아하신다. 맨날 밖에 나가시면 집에 가자고
하신다.

할머니는 아파도 아프시다고 이야기를 안 하신다. 아마 자식들에게
아픈 걸 들키기 싫으셔서 그러신 것 같다.

할머니는 자기 자신한테 쓰는 돈만 엄격하신 것 같다. 손주들에게는
용돈을 아낌없이 주신다.

여기까지가 내가 생각나는 할머니와 나와의 추억이다. 나는 할머니
를 잊지 못할 것이다. 할머니가 눈이 오는 날에 돌아가셔서인지 눈
이나 비가 오는 날엔 할머니가 생각났고 할머니와의 추억들도 전부
내 머릿속에 새겨져 있기 때문이다.

<작가의 말>

제가 쓴 소설은 여러분들도 느끼셨을지도 모르지만, 할머니와 할머니의 가족들에 대한 따뜻함을 담은 소설입니다.

저희 동아리는 작년에 이어 올해도 소설 쓰기를 시작했는데 사실 저는 처음에 이런 우울한 이야기보다 밝은 이야기를 여러분에게 전하고 싶었습니다. 하지만 아무리 다른 것을 떠올리려고 해도 제 머릿속에는 저희 할머니와 관련된 것밖에 떠오르지 않아 결국 소설도 그쪽으로 쓰게 되었습니다. 그래서 저는 결국 제가 기억하는 할머니와의 기억, 추억, 모습 등을 담은 글을 쓰게 되었습니다. 저는 제가 이 글을 보면서 할머니를 추억하고 싶었기 때문에 최대한 할머니 위주로 쓰게 되었습니다.

저는 여러분들이 이 책을 보고 나서 내가 지금 곁에 있는 사람들에게 잘해주고 있는지 내가 곁에 있는 사람에게 차마 못 해준 건 없는지 해줬던 게 부족하진 않았는지 생각하셨으면 좋을 것 같다는 생각이 듭니다. 만약 내가 내 곁에 있는 사람에게 해준 것이 별로 없다면 분명 그건 큰 후회로 남을 테니까요.

사실 이 책에서 느끼셨을지도 모르겠지만 저는 할머니에게 해드린 게 별로 없습니다.
그래서 후회를 많이 합니다. 정말로 많이

저는 항상 생각만 했습니다.

"나중에 성인이 되면 첫 월급은 할머니 선물을 사드리고 두 번째 월급은 부모님 선물을 사드리자. 분명 부모님과 할머니 다 나랑 같이 사시는 분들이었는데 할머니에게 좀 소홀했던 것 같아. 분명 내가 할머니를 먼저 챙겨드려도 부모님이 내 생각을 아신다면 이해해주실 거야!"
라는 생각 말이죠. 사람의 끝이 갑작스럽게 다가온다는 걸 누누이

들었음에도 말이죠. 저는 막연하게 챙겨줘야지 하고 행동으로 안 옮긴 저 자신에게 지금까지도 후회하고 있습니다.

저는 이 소설을 읽은 여러분들이 저와 같은 일을 겪지 않으셨으면 좋겠습니다.

마지막으로 이 긴 글을 읽어주신 독자분들께 감사드립니다.

옐로카드

조수아

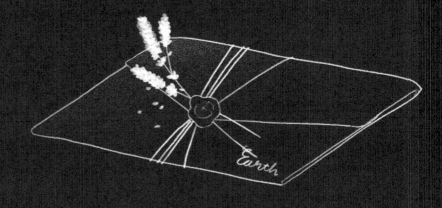

TO. 시간을 뛰어넘어 이 편지를 받게 될 당신
FROM. 지금의 '나'
-너무 늦지 않게 도착하기를 바라며-

편지를 열어주신 당신께 감사드립니다.
제가 이렇게 갑자기 편지를 쓰게 된 이유는 당신께 부탁드릴 일이
있기 때문입니다.
음... 혹시 조금 당황스러우신가요?
자신이 한 일을 잊어버린 당신에게 내 편지는 조금 어이없고 당황
스러울지도 모르겠네요.
일면식도 없는 내가 다짜고짜 내 부탁을 들어줘야 한다고 편지를
보내는 거니까...
그럼에도 당신은 내 부탁을 들어줘야만 해요.
당신은 저에게 잘못한 일들이 너무 많거든요.
당신이 기억하지 못한다고 해서 그 일들이 사라지는 건 아니니까

당신에게는 제 부탁을 들어줘야 할 의무가 있어요.
제가 부탁드릴 건 총 세 가지예요.
당신이 내게 준 고통을 기억해내고 내가 누군지 떠올리는 것, 그리고 너무 늦지 않게 지금의 '나'를 구하는 것.

아, 그러고 보니 내가 미래에서 편지를 쓰고 있다고 얘기했던가요?
편지 위에 '시간을 뛰어넘어'라고 써놓긴 했지만, 당신이 눈치채지 못했을지도 모른다는 생각이 들어요.
그러니 다시 한 번 얘기해줄게요.
저는 지금 미래에서 편지를 쓰고 있습니다.
과거의 당신에게 보낼 편지를요.
지금의 당신은 못 하겠지만 이 편지를 받는 과거의 당신이라면 할 수 있을 거라고 생각해서 당신에게 편지를 보내는 거예요.
믿지 못해도 어쩔 수 없어요.
말했다시피 내 부탁을 들어주는 건 당신의 의무거든요.
지금부터 나는 당신이 내게 한 일들을 알려줄 거예요.
그러면 당신은 내 고통을 기억해내고 내가 누구인지 떠올리면 돼요.
그리고 얼마 안 가 사라질 '나'를 구해주세요.
너무 어렵게 생각할 필요는 없어요.
당신은 이미 모든 걸 알고 있으니까. 그저 외면하고 있을 뿐이죠.

흠... 어디부터 시작해야 할까...
아, 그래요. 그때 기억해요?

2015년 5월 24일
당신이 처음으로 내게 쓰레기를 부어버린 날.
아마 당신이 12살쯤 되었을 때였던 것 같은데...
친구들과 함께 어묵꼬치를 먹고 나에게 던져버렸었잖아요,
친구들이 버리니까 덩달아 당신도 나에게 쓰레기를 던지고 가버렸죠.
내가 상처받을 거라는 걸 알고 있었으면서.

그래도 그때까지는 괜찮았어요. 네, 정말로요.

사람은 누구나 한두 번쯤 실수 하니까.

그리고 나는 알고 있었거든요.

그 행동이 잘못된 행동이라는 사실을 당신이 알고 있다는걸.

그리고 나는 분명 똑똑히 봤어요.

죄책감으로 뒤덮인 당신의 얼굴을.

그래서 나는 당신의 실수를 용서했죠.

당신이 다시는 그런 행동을 하지 않을 거라고 믿으면서.

하지만, 내가 어리석었어요.

그날 이후, 당신은 내게 쓰레기를 버리는 게 당연하다는 듯이 행동했거든요.

이전과 달리 죄책감이라는 걸 찾아볼 수 없는 얼굴로.

재미있지 않나요?

"처음이 어렵지 두 번째는 쉽다"라는 말은 사실이었나 봐요.

자, 어때요?

이제 조금은 알 것 같나요?

만약 당신이 눈치가 빠르다면 눈치챘을 것 같지만...

기분 탓일까요? 아직 모르겠다는 당신의 표정이 보이는 것 같아요.

뭐 좋아요.

그냥 내 편지가 끝나기 전에만 깨달아줬으면 좋겠어요.

그럼 이번에는 다른 이야기를 해줄게요.

2016년 6월 4일

제 자리는 당신들이 던져버린 쓰레기들로 가득 찼어요.

다들 내 자리를 이렇게 부르더군요.

'쓰레기 섬'

선생님께서는 당신들께 이렇게 말씀하셨죠.

"다 같이 치워주자! 우리가 이렇게 만든 거니까"
하지만 당신들은 서로 책임을 미루는 데 급급하더군요.
정말이지 사람들은 모두 이기적인 것 같아요.
서로 책임을 미루는 게 정말 똑같아요.
그렇게 모르는 척하면서 외면하는 거, 지겹지도 않아요?
제게 쓰레기를 던지는 걸로는 부족했던 걸까요?
아, 이런 미안해요.
저는 그냥 있었던 일을 얘기하기만 하려고 했는데...
그렇다고 저에게 화내지 말라는 말은 하지 마세요.
저는 정말 많이 힘들었어요.
많이 아팠다고요.

왜 그걸 말하지 않았냐고요?
몇 번이고 몇 번이고 아니, 언제나 표현했잖아요.
저는 분명 온몸으로 표현했어요.
당신도 알아차렸었잖아요.
모르는 척은 하지 말아주세요.
당신이 나한테 분명 말했잖아요.

"네가 너무 더러워서 아름다운 하늘을 볼 수 없게 되었어"

"네가 너무 뜨거우니까 나까지 더워지잖아"

"너한테서는 쓰레기 냄새가 나"

봐요.
표현했잖아요.
정말 온 몸으로.
애초에 나를 이렇게 만든 건 당신들이면서 왜 저에게 화를 내는 거
죠?
당신들 때문에 저는 이제 곧 사라져요.

물론 당신들도 사라지겠죠.

제발, 제발 부탁이니까 이제 정신 좀 차려요.

우리 모두를 위해 우리가 모두 바뀌어야만 해요.

너무 어렵게 생각하지 말아요.

당신들은 알고 있잖아요.

당신들의 사소한 행동들이 모이면 바꿀 수 있다는걸.

저는 그 가능성을 믿고 편지를 쓰는 거예요.

부디 여러분들이 지금의 '나'를 바꿀 수 있기를.

이 편지를 받는 여러분들이 자그마한 기적을 보여주기를 바라며 편지를 마칩니다.

\<편지를 다 읽어주신 여러분들께 드리는 후기와 부탁\>

안녕하세요! 저는 소설 'YELLOW CARD'를 쓴 조수아라고 합니다!

이 소설은 제가 올해 처음으로 규장각이라는 동아리에 들어오게 되면서 쓰게 된 소설입니다.

소설을 다 쓰고 나니 처음 소설을 쓸 때 소설을 쓸 거라는 생각을 못 해서 조금은 당황스럽고 막막했던 기억이 새록새록 나는 것 같아요!

몇 번이나 고치고 고쳐서 완성된 소설이고, 최선을 다해서 쓴 글이지만 이런 소설을 써보는 건 처음이라 부족한 점들이 많이 보이는 것 같아 약간의 아쉬움도 남는 것 같습니다.

사실 주제 전달이 잘 안될 수도 있겠다는 생각이 들어서

조금 설명하자면 제 글은 미래의 지구가 지금의 우리에게 보내는 편지입니다. 지구가 편지를 보내는 이유는 우리가 지구에게 한 행동들이 잘못되었다는 것을 깨닫고 받아들이기를 또 우리가 변화하여

지구를 지켜주기를 바라기 때문입니다.

글에는 정말 많은 장르가 있습니다.
여러 장르 중에서도 제가 선택한 장르는 사회문제, 그중에서도 환경문제를 다루는 소설입니다.
사회문제를 다룬 소설을 쓰기로 한 이유는 제 소설로 인해 단 한 명이라도 사회문제에 더 많은 관심을 가져주기를 그리고 그런 사회문제를 타파하기 위해 노력해주기를 바랐기 때문입니다.
사회문제 중에서도 환경문제를 고른 건 아직 무언가를 바꾸기에는 조금 부족하고 어린 제가, 그리고 여러분들이 일상생활에서 사회문제를 해결하기 위해 할 수 있는 가장 쉬운 일들이 환경문제와 관련된 것들이 많기 때문입니다.
예를 들면 분리수거를 열심히 한다던가 메일함 잘 비우기 같은 것들이요.
한 명이 한다고 해서 바뀌는 문제는 아니지만, 모두가 조금씩 노력하면 분명 환경오염을 줄일 수 있을 거라고 생각합니다!
부디 여러분들이 제 소설을 읽고 다시 한번 더 환경문제를 비롯한 많은 사회문제에 대해 경각심을 가지고 행동해주시기를 바랍니다.
아, 혹시 제 글을 읽고 환경을 위한 일들을 하고 싶으신 분들에게는 기후 행동 1.5도라는 앱을 사용해보시는 걸 추천해 드려요!! 분명 도움이 될 거라고 생각 합니다.
그럼 이상으로 제 글을 끝까지 읽어주셔서 감사합니다!

이별까지도 사랑이었다.

조예림

이별까지도 사랑이었다

01.여자가 남자를 사랑하면
계속 좋은 것을 해주고 싶어서
요리 같은 것도 직접 해주고 싶고
맨날 보고 싶고 없던 애교가
다시 생길 수 있는 그런 마법이야
친구들이랑 보내는 시간보다
사랑을 선택해 보내게 되더라
항상 어딜 가면 그 사람이
먼저 생각이 나고 맛있는 걸 먹으면
다음에 와야겠다는 생각부터
내 머리 속에는 온통 그 사람밖에 없어
내가 기분이 안 좋아도
그 사람이 행복해 보이면
나도 모르게 웃고 있더라
이게 바로 사랑인가 봐

02.고백의 타이밍
어두운 저녁,
난 그에게 망설임 없이
질질 끌지 말고
만나자고 연락했다
용기가 많이 필요했지만,
부끄러움이 많아 어쩔 줄 몰라 하던
내가 어두워서 그런지 용기가 생겼다
'나랑 사귀자' 라며 고백을 했고
끝내 성공을 했다
난 그때 바로 또 입을 열었다
사랑해, 그리고 내가 많이 사랑해
변하지 않겠다며 거침없이 내 진심을 말했다

지금 이 순간 기다려왔고 난 그만큼 행복하다고
말해주고 싶었다

03.사랑이 이루어질 때
사랑,
그거 눈 떠보면 순식간에
이루어지는 게 사랑이야
그래서 결국 만남이 있으면
이별도 있는 법이야 참 우스워
언제는 내가 좋다며 배려해주며
우선이었던 내가 이젠 아니라는 걸
깨달았을 때 가슴이 찢어지더라
난 그 하루하루 외로움 속에 살아가
우리 참 행복했었는데 그런 내가
어떻게 널 잊고 살 수 있을까
난 그러지 못해

04.사실 나는
사실 나 널 언제부터 좋아했는지
솔직히 잘 모르겠어
좋아하는데 이유는 필요 없더라
그냥 일상생활하다가 언제부턴가
문득 내 머리 속에는 네 생각이
가득했어 이유 없이 연락하고 싶고
난 그때부터 계속 폰을 보게 되더라
사귀는 관계가 아니었는데도 불구하고
너한테 혹시나 연락 온 게 없는지
수시로 자꾸 확인을 했었지

05.너에게만 할 수 있는 표현
정확히 언제라고 표현하긴 어렵지만

나는 딱 그때부터였던 거 같아
약간 왜 그런 거 있잖아
봄은 이미 왔는데 꽃은 이미 예쁠 만큼 아름답게
완성을 했다면, 난 이제야 아 봄이 왔네 라고
깨닫는 듯이 내 사랑도 그랬어
너를 보고 난 후에 솔직하게 말하면
나는 처음 만난 그 순간부터 너를 좋아했어
첫눈에 반했지 너에게 내 진심을 솔직하게 말하고 싶어

06.너를 놓치지 않기로 했다
오늘따라 더 보고 싶어
사랑을 하면서 우린 맨날
행복하고 그럴 수밖에 없는 걸
잘 아는 나라서 불안하다
이 사람이 내 곁을 떠날까
나 없이도 잘 살 거 같아서
내가 없어도 아파하지 않을 사람이
너란 걸 난 잘 알아서 놓치기 싫었다
사실 우리는 여러 번의 위기가 있었다
그럴 때마다 내가 맨날 울고
그 사람 때문에 힘들어하던 나 자신이
안쓰럽게 여겨진다

07.정이, 많은 사람
정이 많은 사람은 절대 놓치면 안 된다
정이 많은 사람은 내 사람이라고
생각이 들면 자신의 모든 걸 퍼주며 헌신한다
내가 그랬으니까
무언가를 받기보단 항상
주고 싶어 한다 그게 바로 나였다
하나라도 더 해주지 못해

늘 아쉬워 한다
나 자신보다 그 사람을
소중이 여기니까
배려하며 희생하고
상대에게 진심을 다해
행동하는 사람이었다

08.쉽게 하면 안 되는 말
연인 사이에 절대로 쉽게
해서는 안 되는 말이 있는데
바로 헤어지자는 말이다
가끔 자신이 얼마큼 화나고
서운한지를 표현하는 방법으로
헤어지자는 말을 쉽게
하는 사람이 있는데
그 말을 꺼내기 전에
많은 고민을 해야 하는 말이다
순간의 감정으로 뱉으면서 말하는 건
안 좋은 행동이다
아무리 화가 나고 미운 일이 있어도
조심해야 하는 말이다

09.그래, 우리 헤어지기로 해
헤어졌으면 이제 빨리 잊어야 하는데
난 거기에 약해 맨날 우는 게 일상이고
혼자 아파하고 슬퍼하고 있어
나 혼자만 감정을 갖고 있는 게
비참하면서도 어쩔 수 없더라
헤어졌어도 끝났어도 그동안의
남은 좋았던 추억들이 있는 건 여전히
내가 기억을 하니까 다행인 거 같아

물론 헤어졌으면 남남이고
끝난 게 맞아
하지만 그 서로의 관계가 끝난 거지
내 사랑이 끝난 건 아니야

10.좋아하지만 싫어할 수밖에
이미 끝난 우리 사이
나는 너의 어떤
모습이 아닌 그냥
너 자체가 좋았어
난 너의 존재를
사랑했었어
하지만 난 외로운
변해버린 사랑을
했을 뿐
나는 그만큼 울고 있을게
가끔씩이라도 내 생각을 해줘

11.우리 헤어졌지만
조금만 더 만나주면 안 될까
이미 헤어진 걸 알아
붙잡지도 않을게 그러니까
그냥 조금만 이대로
아주 조금만
내 옆에 있어줘
난 아직 실감이 안 나
진짜 힘들어
지금 당장 널 못 보면
나 미칠 거 같은데
내가 마음 정리할 때까지만
조금 괜찮아질 때까지만

조금 기다려줘
아직 이별 받아들일 수 없어

12.후회
그냥 내가 먼저 이 관계를 놓았어
네가 나한테 주는 사랑에 비해
나는 그만큼도 주질 못했어
네가 변할수록 난 너랑 있는 동안
같이 있어도 더 외로웠어
이젠 포기할게
만약 내가 먼저 후회를 하겠지만,
아픔은 꽤나 오래갈 거 같아
오늘은 조금만 울어야겠다

13.잘 지내는 너에게
우린 참 힘들었는데
지금 보면 너는
나와 있을 때보다
지금은 되게 좋아 보여
그건 참 다행이더라
잘 지내는 너인데
괜히 걱정했나 봐
아프지 마.이젠 안녕

현실

장수호

진광이와 함께 2관에서 이번에 개봉한 닥터스트레인지 영화가 시작하기를 기다리고 있었다.

"진짜 너무 기대 되지 않아??" 나는 진광이에게 소곤소곤 얘기를 했다.

"내가 이 영화를 얼마나 기다렸는지 몰라"

"언제 시작하는거야 광고가 왜 이렇게 많아 얼른 영화 했으면 좋겠다"

나는 마블을 많이 좋아하고 어릴 때는 내가 아이언맨이 되는 꿈을 꾸기도 했다. 이 영화가 개봉한다는 소식을 듣자마자 오늘만을 기다리고 하루하루를 버텼다

광고가 끝이 나고 영화 예절을 알려주며 영화가 시작됐다

"오오 시작한다" 진광이는 기대되는 눈빛을 보내며 설레여보였다.

스크린에는 영화 시작을 알리는 마블 화면이 보이기 시작했다. 저 빨간색 마블 화면은 언제나 봐도 너무 멋있었다. 잠시 후 기다리던 닥터스트레인지가 화면에 보이기 시작했다. 가슴이 정말로 두근두근 떨렸다.

"탁" 갑자기 영화관 전체 불이 꺼졌고 스크린에 있는 화면이 검은색으로 변했다.

"뭐야 무슨 일이야?" 진광이는 놀라 물었다

"그러게 왜그러지 무슨 일 생겼나?" 나는 너무 놀라 주변을 둘러보기 시작했다. 옆에 있는 진광이 얼굴이 보이지 않을 정도로 주변은 어둠으로 가득 찼다. 마치 여러 색이 칠해진 도화지에 검은 물감을 엎어 검은 도화지가 되는 것처럼 주변은 어둠으로 덮여 아무것도 보이지 않았다.

영화관에 있는 사람들은 갑작스러운 일에 웅성웅성 거리기 시작했다.

"현재 영화관 뿐만 아니라 모든 건물에 정전이 발생한거 같아요. 곧 불이 들어올거니깐 자리에 앉아서 조금만 기다려주세요."

영화관 직원은 문을 열고 들어와 혼란스러운 상황을 정리했다.

"무슨 일 생겼나봐..곧 불 들어오겠지 앉아서 조금만 기다리자."

나는 아무일도 아닌 듯 얼른 영화가 다시 상영되기를 기다리고 있

었다.

하지만 10분이 지나도 영화관에는 불이 들어오지 않았고 영화관 안에 있는 사람들은 기다리다 한 두명씩 휴대폰 손전등을 켜고 영화관을 나가기 시작했다.

"큰일났나봐 우리도 얼른 밖에 나가자" 진광이는 겁먹은 얼굴로 나를를 재촉했다

"그러자 완전 정전 됐나봐 얼른 나가서 상황 좀 알아보자"

나와 진광이는 영화관을 나섰다. 영화관 밖에는 어두운 상태에서 사람들이 손전등을 켜고 기다리고 있었다.

"현재 영화관 뿐만 아니라 모든 건물이 정전된 상태로 불이 들어오지 않고 물도 나오지 않고 있어요.

저기 출입문을 통해 천천히 나가주시길 바랍니다." 영화관 직원은 현재 상황을 손님들에게 알리고 있었다.

"어떻게 해?? 불이 아예 들어오지 않나봐. 우리 이제 큰일나는거 아니야?"

진광이는 호들갑을 부리며 상황을 걱정하고 있었다.

"일단 우리 각자 집에 들어가보자"

나는 겁에 질린 진광이를 안정시키고 각자 집으로 헤어졌다.

골목길을 지나가는데 켜진 가로등 하나 없이 모든 것이 검했고 나는 그 어둠을 파헤치며 집을 가고 있었다. 불빛이 없는 길을 지나니 어둠이 나를 압박하고 있듯이 너무 무섭고 오싹했다. 얼른 집에 도착하고 싶어 내 발걸음은 가면 갈수록 더 빨라졌다. 아파트에 다 도착해보니깐 모든 아파트도 불이 꺼져있었다. 항상 학원 끝나고 집으로 가면 저 멀리 보이는 7층인 우리 집은 항상 환한 불빛으로 날 반겼는데 오늘은 불이 꺼져있어 외로웠다.

나는 엘레베이터가 작동하지 않아 힘들게 계단을 올라 집에 도착했다. 집 역시도 도어락이 작동하지 않았고 쉽게 문이 열렸다.

"엄마 아빠 저 왔어요." 나는 깜깜한 집에서 엄마와 아빠를 찾았다. 하지만 날 반겨주는 것은 엄마 아빠가 아니라 차가운 공기과 흔들리는 양초였다

"어디가셨지…?" 침대에 누워 깜깜한 천장을 바라보며 누워있었다. 얼마 지나지 않아 나의 엄마와 아빠는 양손에 물을 가득 가져오셨다.

" 정렬이 왔구나 얼른 엄마랑 아빠 따라와. 마트 가가지고 줄서서 물 받아오자"

나는 의문도 모른채 엄마와 아빠 따라 길을 나섰다.

마트 앞에 도착하자 수 많은 사람들이 줄 서고 있었고 그 앞에는 마트 직원분들이 물을 주고있었다.

"우리가 며칠간은 물이랑 전기가 없어 받은 물로 아껴 써야 하니깐 많이 받아와야 해"

엄마는 나에게 당부하는 듯한 말투로 말했다. 이때까지만 해도 앞으로 힘든 일이 반복될지는 생각지도 못했다.

내 차례가 오자 마트 직원분이 나에게 물 두통을 주셨다.

"감사합니다" 나는 물을 받고 옆에서 엄마와 아빠를 기다렸다.

우리 가족은 그 무거운 물을 들고 높은 7층 계단을 걸어 집에 도착했다. 땀은 비 오듯이 흘렀고 얼른 씻고 싶었지만 물이 나오지 않아서 씻을 수 없었다

"앞으로는 물을 아껴서 써야해. 현재 우리가 가지고 있는 물통이13개 있으니깐 5개는 씻는데 쓰고 나머지는 생활하는데 쓰자 저녁에는 초를 켜놓고 생활해야 해 내일이면 불 들어온다고 하니깐 조금만 참아보자 알겠지?"

아빠는 나에게 상황을 설명해주시면서 앞으로 해야할 일들을 설명해 주셨다.

"그럼 화장실은 어떻게 해요?" 나는 아빠 말을 듣다가 문득 생각나서 물었다.

"밖에 공중 화장실에서 볼일 보거나 일단 최대한 덜 씻고 참아야 해"

아빠는 조금만 참아달라는 말투로 나를 타일렀다.

"알겠어요…" 아주 막막한 표정과 말투로 대답했다.

나는 베란다에 나가 밖을 쳐다봤다. 밖에는 어둠이 세상을 삼킨 듯 깜깜하고 형체가 아주 조금씩 보였다.

앞으로 이 어둠속에서 살아가야 한다는게 너무 막막하고 답답했다.

다음 날 아침 정렬이는 눈을 떴다. 여전히 방안은 어두웠고 커튼 사이로 빛이 조금씩 들어왔다.

나는 혹시나 하는 마음에 불을 켜봤지만 역시 켜지지 않았다.

거실을 나가보니 엄마와 아빠는 밥을 먹고있었다. 나도 거실에 나가서 밥 먹을 준비를 했다. 어제 저녁에 갑작스러운 일로 아무것도 못 먹어가지고 배가 너무 고팠다.

" 정렬아 어제 불이 다 꺼져서 밥이 좀 차갑고 딱딱할거야 그래도 밥 먹어야한다."

나는 아빠의 말을 듣고 입맛이 확 사라져서 다시 방으로 들어갔다.

"에효 저 차가운 밥을 어떻게 먹어...오늘 얼른 고쳐져야 하는데…"

정전 된 이후로부터 모든게 답답했고 예민해졌다

엄마는 내가 걱정 됐는지 눈치를 보며 말을 했다.

"정렬아 얼른 와서 밥 먹어 오늘안에 꼭 돌아올거야"

엄마는 내가 다시 물어봤지만 엄마에게 돌아가는 것은 내 한숨밖에 없었다.

나는 방에서 아무것도 할 수 없어 누워서 천장만 바라봤다. 이러고 있자니 내 몸이 썩어 죽을거 같아서 밖에 나가기로 맘을 먹었다.

밖에 나가기 위해 씻으려고 뚜껑을 열고 양동이에 쓸 물을 담았다

" 하아.. 언제까지 이래야하지" 나는 너무 막막해 한숨이 계속 나왔고 중얼거리며 화장실로 발걸음을 옮겼다.

양동이를 바닥에 놓고 바가지로 물 한 가득을 떠서 머리에 뿌렸다. 물 한 방울씩 목 뒤에 옷 사이로 쓰며 들어왔다.

"하아…" 내 한숨은 끊기지 않았고 겨우겨우 머리를 감고 양치를 다 마쳤다.

"엄마 저 수건 좀 주세요"

"수건 좀 젖어있을거야 당분간 수건 쓰고 바구니에 넣지 말고 빨아서 말린 후에 한 번 더 쓰자"

엄마에게 받은 수건은 부분 부분은 차가웠고 다 마르지 않았다.

'아.. 쓰기 싫은데..' 나는 어쩔 수 없이 수건으로 머리를 닦았고 닦으면서 찝찝했고 기분이 좋지 않았다.

목욕을 다 마치고 나오니깐 아침을 안 먹은 탓인지 배에서 요동쳤다.

"간단하게 먹어야겠다" 정렬이는 배를 채우기 위해 냉장고 앞에 섰다.

"뭐야! 엄마 이 걸레들은 뭐에요?"

냉장고 앞에는 걸레들이 바닥을 다 차지하고 있었다.

"아침에 보니깐 냉동실에 있는 음식들이 다 녹아가지고 물이 새더라고 그거 치우면 안돼 이따가 냉장고 정리 할거니깐 그냥 놔둬"

어김없이 냉동실에서는 물이 계속 떨어졌다. 나는 혹시나 하는 마음에 냉장고 문을 열었다.

냉장고 속에는 싱싱한 채소들은 매말라 있었고 먹을게 요플레 밖에 없었다.

하지만 요플레는 따뜻했고 그 순간 입맛이 다 사라져버렸다.

"에효 진광이나 만나러 가야지" 나는 옷을 입고 초코바 하나를 들고 진광이네 집으로 향했다.

밖에는 밝은게 해 말고는 없었다. 모든 집들과 가게는 다 불이 꺼져있었다 어제 낮에 보던 꽃들은 되게 예쁘고 잘 자라보였는데 오늘은 기분이 좋지 않아서 그런가 꽃들이 시들어보이고 그런 모습이 현재 내 모습과 비슷해보였다.

얼른 조금이나마 기분을 풀기 위해 진광이를 만나러 발걸음을 돌렸다. 진광이네 집에 도착하니 우리 집과 마차가지로 어두컴컴했다.

"진광아 나 왔어 같이 놀자"

진광이는 부스스한 머리로 칫솔을 입에 문 채 문에 기대고 있었다. 어제 잠을 못 잤는지 자기 몸을 못 다루고 잠에서 헤어나오지 못해보였다.

"얼른 준비해 우리 나가가지고 산책이라도 하자 집은 답답해가지고 못 있겠어"나는 쇼파에 앉아 진광이가 준비 끝내기를 재촉하고 있었다.

진광이네도 우리와 다름없이 냉장고 아래에는 수건이 널부러져 있었고 차가운 공기가 집 안을 감싸고 있었다. 진광이는 준비를 끝

마치고 우리는 밖에 나와 시내로 향했다. 주변을 둘러봐도 사람은 거의 없었고 낮이였지만 건물들은 깜깜했다. 항상 이 시간대면 놀이터에서 뛰어놀고 있는 어린이들, 분주하게 장을 보러 가는 아주머니, 음악을 틀어놓고 홍보하는 핸드폰 가게, 손님이 줄어들지 않는 유명한 식당 그리고 재밌게 뛰어노는 우리 둘로 이 시내는 시끌시끌 했지만 오늘은 이 거리가 조용하니 익숙하지가 않았다.

"벌써 이틀째야... 우리 언제까지 이러고 살아야 해?" 진광이는 얼굴에 짜증과 예민함, 복잡함이 가득 섞여 보였다.

"나도 미치겠어 전기랑 물 없이는 정말 아무것도 못하겠잖아..오늘 저녁에 물 받으러 마트에 가야해 계단 올라가는게 얼마나 힘든지 몰라" 나는 4층에 사는 진광이가 너무 부러웠다. 7층을 올라가면서 흐르는 땀과 다리에 오는 저릿함을 앞으로 몇 번이나 겪어야 한다고 생각한다니 너무 열이 받아 몸이 뜨거웠다.

'툭 투툭 툭'

"어? 뭐지? 지금 비 오는건가?"

'쏴아아아'

갑자기 맑은 하늘에 장대비가 쏟아졌다.

"아 뭐야 얼른 집에 들어가자 비 너무 많이 쏟아져" 진광이는 당황해서 먼저 집으로 뛰어들어갔다. 나도 얼른 진광이 뒤를 쫓아갔다.

집이 가까운 진광이는 먼저 집에 들어갔고 나도 얼른 집으로 뛰어갔다.

"탁탁탁..탁탁..탁" 빠르게 달리고 있던 내 발은 달리는 것을 멈췄다. 아직 집에 가려면 거리가 남았지만 급하게 뛰어가고 싶은 마음이 들지 않았다. 숨이 차서 멈춘게 아니. 뭐 떨어뜨려서 멈춘 것도 아니고 나는 그 비를 맞고있는 상황이 그리 싫지만은 않았다. 비가 살에 닿으면서 시원한 느낌은 현재 이런 상황이 발생하고 난 후 답답함과 짜증을 풀어주는 듯 했다. 천천히 집으로 걸어갔다. 이미 신발은 물에 젖어 무거워졌고 그 짧은 시간에 바닥에는 물웅덩이가 조금씩 생겼다. 이 비는 멈출 기미가 보이지 않았다. 좋지만 아쉽게 집에 도착했고 계단을 올라 집 문을 열었다. 비에 홀

딱 젖은 내 모습을 본 엄마와 아빠는 나를 보자마자 잊지 못할 충격적인 말을 했다.

"뭐하고 오는거야. 전기 안 터져가지고 전화 못하는거 알잖아. 하여튼 도움이 되는게 없어" 아빠는 말을 험하게 하셨고 그 뒤에 바로 엄마가 한 마디 하셨다.

"너 엄마가 빨래 못 돌아가니깐 수건 아껴써야 한다고 그랬지, 그렇게 젖어가지고 오면 수건 낭비잖아 그냥 집에만 있지 왜 돌아다녀가지고 에휴"

나는 엄마 아빠 말을 듣고 발걸음이 움직이지 않았다. 내 걱정은 1도 안 하고 결국에는 수건 걱정을 하는 엄마 아빠가 원망스러웠고 그냥 비를 더 많이 맞고 돌아올까 생각을 했지만 계단을 올라야한다고 생각하니 그것도 싫었다.

얼른 젖은 옷 물을 짜내고 수건으로 몸을 대충 닦고 내 방으로 들어갔다. 침대에 길게 한숨을 쉬고 천천히 눈을 감았다. 그렇게 전기랑 물 없이 이틀이 지났다.

다음 날 기지개를 펴고 일어나 썩 좋지 않은 아침을 맞이했다. 밖에는 비가 아직까지 오고 있었다. 어제까지만 해도 웅덩이가 생겼지만, 오늘은 바닥에 물이 흘렀고 약 5cm 가량의 물 높이처럼 보였다. 설상가상으로 이제 밖에도 못 나가게 생겼다. 정말 우리는 감옥이 갇힌 것과 다름없었다. 이대로 사느니 죽는게 나았다.

나는 잠이 다 깨지 않은 채로 화장실에 가서 세수를 했다. 깔끔하게 세수를 하고 방에 들어가 다시 누웠다. 그런데 뭔가 이상한 느낌이 들었다. 다시 생각해보니깐 내가 수돗물로 세수를 했다는거다. 너무 놀라서 화장실에 가가지고 물을 틀어보니 물이 콸콸콸 나왔다. 너무 기쁜 나머지 그동안 참았던 볼일을 다 보고 자고 있는 엄마 아빠를 깨워 이 사실을 알렸다. 드디어 원래 상태로 돌아온 것이다. 이 사실을 진광이에게 알리기 위해 전원이 꺼진 핸드폰을 충전했지만 신호가 오지 않았다. 알고보니 물만 나온 것이다. 전기는 여전히 들어오지 않았다. 그래도 나는 긍정적으로 생각했다. 화장실을 영영 못 가는 줄 알고 슬퍼했지만 이제는 갈 수 있다고 생각하니 천국이 따로 없었다. 그나마 마음 속에 있던 짜증과 답답함이 덜 해졌다.

하지만 이 행복은 얼마 가지 않았다. 밖에 비가 와서 나가지도 못하고 전기는 들어오지 않아서 집에서 할 수 있는게 아무 것도 없었다. 공부는 절대 안 하고 게임만 즐겨하던 나는 아주 최악의 상황에 닥쳤다. 그림을 그리고 만화 책을 읽어도 지난 시간은 고작 43분이 지났다. 오늘 일찍 눈이 떠져서 현재 시간은 11시 아침이였다. 앞으로 남은 시간을 마땅히 보낼 만한게 없었다. 어쩔 수 없이 나는 옷을 갈아입고 슬리퍼를 신고 밖으로 향했다. 엄마 아빠에게 혼나더라도 이대로 집에서 아무것도 안 하고 살기에는 뼈가 썩어 죽을 거 같았다. 계단을 내려가 지하에 도착하니 물이 무릎 정도까지 차있었다. 밖에 나가니깐 유아용 수영장 못지 않게 물은 금세 높이 찼고 그칠 줄을 몰랐다.

나는 우산을 쓰고 무릎 정도로 차오르는 물을 가로지르며 집 가까이에 있는 강으로 갔다.

어릴 때부터 많이 놀았던 강이였는데 지금은 물 깊이가 가늠이 안 갈 정도로 많이 불었다. 강에는 지나갈 수 있는 돌다리가 있었다. 불과 며칠 전에도 진광이랑 돌다리를 건너 놀러갔던게 생각났다. 하나 두 개 돌다리를 건너갔다. 하지만 돌다리를 4개쯤 건넜을 때 위험을 감지했다. 흐르는 급류에 내 다리가 버틸 수가 없었다. 거세게 비는 내리고 돌다리 중간에서 어찌할 줄 몰랐다. 가슴은 너무 빨리 뛰고 다리는 후들후들 거렸다. 금방이라도 떠내려 갈 것처럼 너무 무서워서 울음이 나왔다. 약간의 시간이 지난 후 나는 정신을 차리고 돌다리를 하나씩 천천히 건너기로 했다. 긴장의 끈을 놓치 않고 천천히 건너는 도중에 돌에 있는 이끼에 미끄러져 금방 강물 속으로 들어가버렸다. 그 순간 나는 정신을 잃었도 몇 시간동안 기억은 사라졌다

"정렬아 정신차려 정렬아??"

어딘가 미세하게 진광이의 목소리가 들렸다. 나는 분명 강물에 빠져 정신을 잃었는데 진광이 목소리가 들리는게 이상했다.

"정렬아 일어나봐 정신차려"

자꾸 들리는 진광이 목소리에 나는 힘들게 눈을 떴다. 눈을 떠보

니 영화는 끝이 났고 마지막 자막이 올라오고 있었다. 나는 그때 깨달았다 지금까지 답답하고 짜증났던 일들이 꿈이였다는 것을, 그리고 내가 강물에 빠져 들어갔던 것도 꿈이 였던 것을 깨달았다. 나도 모르게 안도의 한숨이 나왔다. 하지만 뭔가 기분이 찜찜했다.

'내가 마블 영화를 너무 좋아해서 하나도 안 빼놓고 봤는데 영화 보는 도중에 잠이 들었다고....?'

아무리 생각해봐도 너무 이상했다. 그렇게 좋아하고 기다리던 영화를 보는 도중에 잠이 들었다는 것이 계속 마음에 걸렸다. 찜찜하고 아쉬운 마음으로 영화관을 떠났다. 진광이와 헤어지고 가로등을 지나가면서 그동안 겪어왔던 일들이 꿈이라는 것에 너무 감사했고 다행이였다

"지직..직 탁"

그 순간 눈 앞은 깜깜해졌다. 가로등에는 불이 들어오지 않았고 바로 앞에 있는 아파트는 검은색이 됐다. 그때 나는 깨달았다. 내가 꾼 꿈이 현실이 됐다는 것을...

작가의 말

이 소설은 정전과 단수를 소재로 삼아 그 상황에서 겪는 어려움과 답답함을 표현한 소설입니다.

규장각을 처음으로 들어와 글을 처음으로 써봤습니다. 주제를 정하는 것도, 글을 쓰는 방식도 처음 접해봤기 때문에 너무 힘들었습니다. 하지만 주제를 정해 글을 써내려가기 시작할 때 감정이입이 되고 그 상황들이 떠오르면서 한편으로 재미있었습니다.

이 소설을 읽으시는 독자들도 그런 상황이 닥쳤을 때 겪을 상황들을 생각하며 읽으면 공감이 되면서 흥미있게 읽을 수 있습니다.

소설을 끝내고 완성본을 보니 뿌듯했지만 마음 한 구석에는

약간의 아쉬움이 남았습니다. 이번 말고도 다음에 글을 쓸 기회가
생긴다면 다양한 주제로 구성해보고싶었습니다.

마지막으로 이번 기회는 좋은 경험으로 남을 거 같습니다.

곳

김보민

눈

뽐내는 간판들이 줄지어있는, 술 냄새 풍기는 길거리 속 그는 걸음을 더듬거리며 걷고 있었다. 어디선가 들려오는 쉴 틈 없는 환풍기의 기합과 알코올 짙은 향수에 그는 결국 다섯 자국 걸었을 무렵 점차 아렴풋해지는 시야의 균형을 위해 전봇대 앞에 몸을 세웠다. 그의 삐뚤삐뚤거리는 손의 행방은 전봇대에 우직하게 붙여져 있는 전단지를 향한다. 그리움과 처량함 흘려둔 실종이란 빨간 글자를 빤히 쳐다보더니 한번 쓸어보는데 그거론 모자라는지 이마를 갖다 붙이곤 살 뭉개 슬쩍 밀착한다. 그 꼴은 그리움 속 깊이 쑤셔져 있는 사랑에 자신을 녹이는 듯했다. 하지만 전단지는 그저 전봇대에 붙여진 전단지일 뿐, 따스함 따윈 단 한 톨도 없었기에. 이마에 녹아가는 추위 느끼곤 슬쩍 눈을 감고 전봇대에 더 파고든다. 알코올에 쉽사리 맘 내준 자신의 아량이 쓸쓸한 것인가, 붉게 타오른 살결을 달

232

래기 위해 눈 내리깔고 다른 전단지들을 살핀다. 급구란 노란 글씨는 술에 담근 각막에 닿으니 구경으로 보여 어릴 적 기억을 끄집어낸다. "그놈의 구, 경.. 구경...." 눈을 꼭 잠곤 전봇대 연인인 듯 양쪽에 박힌 못을 제 연인의 손 부여잡듯 못 밑동의 굽어 감겨있는 회오리 손가락 끝으로 쓸다 바닥에 떨어진 전단지의 문구를 중얼거린다. "가족 같은 곳, 가족... 가족..." 눈 내리깔고 비소를 지은 채 웃음을 흘린다. "후, 흐흐.. 후" 뒤에서 보면 웃는 것 같기도 하다가 우는 것 같은 이중적인 모습이었지만 쓸쓸함이란 것은 그 누구도 다 알아볼 수 있을 정도로 적나라하게 드러나 있었다. 한참을 가만히 안고는 "그래도. 그래도 나는 가야 해. 난 곳으로..." 슬슬 몸을 떼더니 "곳"이란 곳으로 발걸음을 흘린다. 알코올에 무리해서 인지 왼쪽 다린 절며 질뚝질뚝 걸어간다. 그 순간 그의 좁디좁은 주머니에 우쭐하며 방석 깔고 있던 스마트폰이 앵앵거리며 몸 울리기 시작했다. 화들짝 놀라곤 자기 몸 한참이나 더듬더듬 훑다가 스마트폰의 울음 뚝 그치게 했다. 워낙 술에 팅팅 불은 눈과 갑작스러운 울음에 놀라서 발신자는 살피지 못했다. 스마트폰에 귀를 바짝 붙이곤 헛기침 한두 번 하더니 아직 채 거치지 않은 걸걸함 뒤섞인 목소리로 말한다.

"여보세요?"

그렇게 그는 어머니의 죽음을 알게 되었다. 그의 어머니는

하 애훈,
사랑 愛 가르칠 訓. 사랑을 가르치고 살라는 뜻을 지닌 이 이름의
주인이다. 그의 어머니는 자신에게 새겨진 사랑을 펼치고 나눠주기
위해 한평생 살다 못해 죽기 직전에도 사랑을 전달하기 위해 힘썼
다. 죽는 직전까지 이웃들에게 돌릴 도토리묵을 만들다 죽었으니 할
말 다 했다. 그는 그 순간 정신이 자신의 육체를 떠나가는 느낌이
들면서 '결국은' 이라 생각했다. 다음 날 그는 고향으로 향했고 어
머니의 장례는 친척들이 지냈다는 것과 어머니의 집에서 유언이 적
혀 있는 종이를 발견할 수 있었다.

그는 어머니의 유언이 적혀 있는 종이를 보며 불태워버리고 싶은
욕망과 그런데도 그깟 종이쪼가리에 눈을 떼지 못하는 자신의 호의
에 부아가 치밀어 오르는 것을 느꼈다. 한참 동안 검지손가락으로 '
네 탓이 아니다.'라는 문장을 슬슬 긁더니 이내 집 안을 살폈다. 한
발짝 나아갈 땐 고개 들어 천장을 보고,

두 발짝 나아갈 땐 고개 숙여 방바닥의 무늬를 살폈다. 그리움과는
다르게 처음 보는 사람인 양 행동했다. 냉장고를 열어보기도 책장을
쓸어보기도 하던 그는 어느 구간에 멈췄다. 그 앞엔 탁자의 올려진
꽃병이 있었다. 그는 유리의 광택을 하나하나 뜯는 듯 관찰하더니
읊조렸다. "똑같구나." 시선을 거두곤 비좁은 소파에 몸 끼겨 눕곤
눈 감고 말했다. "첫눈이 올 때까지만, 그때까지만 있는 거야." 그는
자신의 머릿속을 정리하기보단 상황에 몸을 던지기로 마음먹곤 피
곤함에 잠들었다.

피곤함은 그의 꿈 속으로 파고 들었다. 그의 꿈엔 출처 잃은 옛적
풍경이 도심 속 얇은 벽 사이로 남의 일상을 훔쳐 듣는 듯 자연스
럽게 꿈을 타고 흘려 나왔다. 울음 참는 기이한 매미 한 마리 기어

코 눈물 흘릴 때 멀리서 들리는 웃음소리, 선선히 불어오는 바람엔 벌그숙숙해 잘 익은 복분자 향이 뒤엉켜있다. 그 꿈 사이 그는 슬며시 미소 짓곤 그 꿈에 제 몸 녹인다. 꿈에선 그러면서도 꿈 속 밖 그는 두터운 이불 꼬옥 쥔 채 흘리는 자각도 들지 않을 만큼의 눈물을 눈꼬리에 대롱대롱 매달리게 하는 것 아닌가. 두 눈으로 보길 꿈꾸기엔 멀리지나간 현실을 그는 꿈 속에서라도 바라보는 것이었다. 하지만 해는 떠오르고 꿈은 깨기마련이다. 일어난 그는 땡겨오는 눈가를 매만지며 어머니의 유언장을 떠올렸다. 어머니의 유언장엔 두 가지 부탁이 있었는데 첫 번째는 첫 눈이 올때까지 자신의 집에 머물려 달라는 부탁이었고 두 번째로는 자기 자신을 스스로 사랑해보라는 권유같은 부탁이었다. 첫 번째 부탁에 추가되어 있던 어머니의 애정 어린 글씨들을 떠올리며 그는 첫 눈이 오는 날까지만 이 곳에서 살아보기로 마음 먹었다.

피곤함은 그의 꿈속으로 파고들었다. 그의 꿈엔 출처 잃은 옛적 풍경이 도심 속 얇은 벽 사이로 남의 일상을 훔쳐 듣는 듯 자연스럽게 꿈을 타고 흘러나왔다. 울음 참는 기이한 매미 한 마리 기어코 눈물 흘릴 때 멀리서 들리는 웃음소리, 선선히 불어오는 바람엔 벌그숙숙해 잘 익은 복분자 향이 뒤엉켜있다. 그 꿈 사이 그는 슬며시 미소 짓곤 그 꿈에 제 몸 녹인다. 꿈에선 그러면서도 꿈속 밖 그는 두터운 이불 꼭 쥔 채 흘리는 자각도 들지 않을 만큼의 눈물을 눈꼬리에 대롱대롱 매달리게 하는 것 아닌가. 두 눈으로 보길 꿈꾸기엔 멀리 지나간 현실을 그는 꿈속에서라도 바라보는 것이었다. 하지만 해는 떠오르고 꿈은 깨기 마련이다. 일어난 그는 땡겨오는 눈가를 매만지며 어머니의 유언장을 떠올렸다. 어머니의 유언장엔 두 가지 부탁이 있었는데 첫 번째는 첫눈이 올 때까지 자신의 집에 머물려 달라는 부탁이었고 두 번째로는 자기 자신을 스스로 사랑해보라는 권유 같은 부탁이었다. 첫 번째 부탁에 추가되어 있던 어머니의 애정 어린 글씨들을 떠올리며 그는 첫눈이 오는 날까지만 이곳에서 살아보기로 마음먹었다.

추깃물 담긴
요람

그는 그 전 살던 곳에서 자신의 짐이라도 챙겨 올까 싶었지만 그곳
의 본바탕이나 첫 독력(獨力)의 애틋함만 있었지, 밑바닥은 가벼운
세간이었다. 그리고 그는 자신이 오늘 이 요람의 문지방을 밟고 내
뛰면 다시금 요람과는 고별일 거 같았기에 그대로 첫눈을 기다리기
로 마음먹었다. 요람과의 끝맺음을 짓고 싶다가도 그의 요람의 기억
귀퉁이에는 연심이 찐덕하게 자리 잡고 있었다. 알게 모르게 그는
여지를 흘려버린 것이다. 그는 대충 잠바때기를 주워 입고 고향을
둘러보기로 했다. 낯설지만 친근해 눈동자를 굴릴 때마다 야릇한 소
름이 온몸을 감싸는 듯했다. 머리카락 사이를 굴러 귓바퀴를 타고
흐르는지, 발목 감싸 올라와 쑤시는지 행방 모호한 흙 향도 여전했
다. 흙 향은 이상하게 지금까지도 코에 박혀있는지 왠지 모를 반가
움에 그는 은근히 코허리 찡끗찡끗하며 내음새을 머금었다. 그러다
가 그는 아직도 빼곡한 산, 그 사이로 둥글게 드러나는 산소들을 발
견했다. 초록 풍경은 그대로였다. 하지만 어린 시절에 단정히 몸단
장하던 멀끔한 산소들은 다 어디 가고 풀어 헤쳐진 뒤숭숭한 곡선

들의 경색이 그의 눈동자에 비쳐질 뿐이었다. 곡선들은 바람을 타고 흐느끼듯 서로를 부딪치기도 하고 허공에 흔들려 마치 그를 반기고 있는 꼴 같기도 했다. 그는 그 흔들림에 달려가고 싶은 자극을 느꼈다. 그때 그의 앞을 한 노인이 지나갔다. 지팡이의 몸을 의존하곤 한 보따리 들고 가고 있었다. 그는 순간적으로 시간의 흐름을 깨달았다. 이곳의 흙 향과 자연 그대로지만 이곳을 살던 이들은 한층 더 연륜을 드러내게 되었음을 말이다. 그는 자연스레 저 백골 품은 반달이 관리가 되어 있지 않음의 사유도 깨달았다. "시간이 많이 흐르긴 했구나." 그 순간 서너 발 앞에 있는 노인이 비틀거리는 것을 보고 그는 노인에게 다가가 물었다. "저, 어르신. 짐 들어드려도 괜찮을까요?" 노인은 갑작스러운 음성에 흠칫하더니 입을 오물거리며 말을 했다. "어린 친구가 마음씨도 곧구먼, 그럼 저기 괜찮으면 오보록 슈퍼까지만 데려다줘요." 가까이 보니 낯이 익은 듯 해 고약한 기억이 서서히 그의 목 뒤를 간지럽히듯 했지만, 그는 아직까진 기억의 근지럼을 가을 끝에 다다름에 점차 세지는 막새바람의 장난이라 생각했다. "아, 제가 오랜만에 하경한 거라... 앞장 서주세요." 그렇게 그는 노인의 뒷모습을 본 채 자신도 모른 채 기억을 걷게 된다.

노인은 제 짐 들어주겠다는 그의 행동에 마음이 사르르 녹은 듯 이름도 모르는 사이지만 제 입을 나불거렸다. "여기서 상경하는 사람은 점점 많아지는 것 같아, 지금은 뭐 학생 수 자체가 적어졌지먼... 서울 거기가 그렇게 좋은지 모르겠어. 내 자식도 상경해서 돈만 날리고 내려오기도 했고 에휴... 아무튼 자네를 만나 다행이여. 자네는 어쩌다가 내려왔대? 올라가면 내려 올 일도 별로 없을 텐데.." 그는 좁은 동네에서 어머니의 죽음은 금세 퍼졌겠다 싶어 말을 얼버무렸다. "일이 있어서 그냥 내려왔어요. 근데 이 보따리는 뭐에요? 제가 들기에도 꽤 묵직한데." 노인은 그 질문을 듣곤 그의 일은 까먹헌 곳에 놔두곤 말보 터져 단어들이 입에서 솟구쳐 그의 귀를 따끔하게 했다. "아~ 이건 말이지. 아까 말했던 내 자식 이젠 내 일 도와주며 지내는데 잠 못 잔다면서 오늘 내 일 도와주다 손목이 삐

끗했어. 그래서 약방 가서 즙 좀 타가지고 오는 거여~. 내 자식놈이라지만 참 착하고 싹싹해. 걔가 어릴 적엔 소중고 다 반장도 하고." 그는 대강대강 그 말 사이 마디에 추임새 넣듯 반응했다. 그러면서 그는 자신의 어릴 적 반의 반장을 떠올렸다. 그의 기억 속 반장은 딱부리 눈에 뭐든 빠릿빠릿하던 애였다. 그래서인지 별명이 부엉새였으며 자신과 굉장히 끈끈한 사이로 고향을 떠나기 전 어머니를 뺀다면 유일하게 믿어준 이이기도 했다. 하지만 그는 온몸에 가득 찬 자신의 죄악감을 그 어질한 믿음에 묻히고 싶지 않았고 들키고 싶지 않았기에 도망쳤다. 그는 눈을 지그시 누르고 몰려오는 기억을 내팽개쳤다. 노인은 쉴 틈 없이 말을 이어 나갔고 그는 그런 노인이 옆에 있어 넘실대는 기억의 멀기에서 중심을 잡았다. 그는 노인의 말이 듣그럽지 않고 새의 재잘거림처럼 소리에 몸을 맡기게 된다고 느꼈다. 그러곤 흙 향은 맡으며 소리 없이 심호흡했다. 흙 향은 점차 넌지시 흐르는 비에 짙어지고 있었다. "저기 보이지? 이제 다 왔구먼." 노인은 팔을 쫙 펼쳐 손가락으로 가리키며 말했다. 가리킨 곳엔 언뜻 봐도 옛날에 지어진 것 같은 슈퍼마켓이 있었다, 누르께한 흰 바탕에 진한 감색으로 오보록 슈퍼 크게 써진 간판과 미닫이 문. 그리고 세월의 풍파 맞은 듯한 하지만 깔끔한 나무 의자는 슈퍼의 나이테와 아끼는 마음이 느껴졌다. 그는 눈으로 그 집을 훑어보며 어딘가 기시감을 느꼈다. 그 순간 무더기 비가 노인과 그를 덮쳤다-. 그는 순간적으로 깜짝 놀라 탄성을 내뱉고 노인은 그에게 빨리 오라고 외치며 모양새는 뛰지만 느린 걸음으로 지팡이를 탁탁거리며 걸어갔다. "아이고~ 이게 뭔 떡비냐. 이제 겨울이 오겠구만~.." 노인은 미닫이문을 부리나케 열곤 말했다. 그는 비 때문에 아까 든 기분은 까먹고 같이 가게에 들어왔다. 그는 요상시럽게 웃음이 목을 타고 기어 나왔다. 그 웃음은 비소 따윈 절대 아닌 순전한 행복에서 오는 것이었다. 어린 시절에나 하던 물장난을 한 기분이어서 인가, 아니면 자신의 꼴이 웃겨서인가? 그는 추위에 불거진 뺨 짝을 잔뜩 부풀리곤 낮낮은 미소를 터트렸다. "하. 하하!" 그의 웃음은 탐스럽고 부드러웠다. 노인은 그 꼴 보더니 같이 웃었다. "어허허! 웃긴 젊은이네. 자네 웃는 걸 보니 나도 웃게 되는구먼."

두 사람의 웃음소리는 빗소리를 뚫고 새어 나와 사방으로 비추는 햇살 같았다. 한참 웃던 둘은 바로 전에 빗발로 적신 옷과 몸의 추위는 잊은 채 웃느라 뱉지 못한 숨들을 뱉었다. 그는 아까의 웃음이 멋쩍어 말했다. "아, 이상하게 웃음이 나오네요." 노인은 슬그머니 입꼬리 올리곤 말했다. "자네 긴장을 많이 했었나 보네. 난 긴장은 하지도 않았는데 자네 웃는 모습 보니 너무 사랑호워서 실실 웃음이 나와!" 노인은 말하더니 조그만 창문으로 오는 비를 보고 말을 이어 나갔다. "비가 많이 오는데 좀 쉬다 가어~" 그는 잠깐 그럴까 싶었지만, 실례라고 생각이 들어 대답했다. "괜찮아요, 추우신데 창문 잘 닫으시고 자녀분 죽 드시고 얼른 손목 나으셨으면 좋겠네요. 혹시 제가 우산이 없어서 그런데 한 개만 빌려주실 수 있을까요?" 그는 어느새 노인에게 정이 붙어 걱정까지 하며 말했다. 그는 은근히 정이 많았다. 노인은 그의 말을 듣고는 우산을 꺼내주는데 아차 하는 표정으로 말했다. "아이고, 지금 우산이 한 개밖에 없는데 우리 자식이랑 쓰고 갈래?? 내가 조금 이따 어디 가야 해서.. 우산이 크니까 좁지는 않을 거여~." 그러곤 노인은 보따리 들어 준 거 고맙다며 진열장에서 감과 유자청을 봉지에 담아주며 손에 쥐여줬다. 그는 괜찮다며 돌려주려 했지만, 노인은 그의 등을 팍팍 치며 나중에 슈퍼 오면 덤 많이 챙겨주겠다 했다. 그때 노인의 자식 같아 보이는 이가 슈퍼 계산대 안쪽 문에서 나왔다. 그는 자식 같아 보이는 그의 얼굴을 보자마자 고개를 휙 하고 반대쪽으로 돌렸다. 그 얼굴은 그가 알고 있는 얼굴이었기 때문이다. 바로 딱부리 눈을 가진 부엉새였기 때문이다.

그는 아까 든 기시감의 정체가 바로 이거였구나 싶었다. 그러곤 그 기시감을 잊어버린 채 또 쉽게 실실거린 자신에 대해 화가 치밀어 올랐다, 왜 버리지 못한 오지랖에 넘어가서라는 물음에 애초부터 여기에 온 것부터 잘못이었다는 순식간에 결론을 이을 무렵, 부엉새는 노인에게 얘기를 듣고는 고개 돌린 그에게 말을 걸었다. "방금 얘기 들었어요, 감사합니다. 안 그래도 비가 오길래 찾으러 나가려 했는데... 갈까요?" 그는 부엉새의 목소리를 듣고 정말 진짜 그 아이구나 느꼈다. 오랜만에 들은 목소리엔 그가 모르는 세월과 성장이 담겨 있어 그는 왠지 모를 남아있는 추억 속 정이라는 바늘이 자신의 목울대를 쿡 관통하는 듯했다. 그는 넘실대는 울대를 억지로 수그린 채 대답했다. "아, 집이 근처여서 괜찮습니다. 가보겠습니다." 그는 미닫이문을 화다닥 열고는 점점 거세지는 빗발을 아랑곳하지 않은 채 걸어 나간다. 다섯 걸음 걸었을 때쯤 그는 달려 나가기 시작했다. 그는 자신의 낯의 흐르는 물방울들의 출처 따윈 상관없는 듯, 빗방울이 자신의 몸을 관통하듯 숨이 차오르지만, 그저 달렸다. 끌리는 왼쪽 다리가 점차 저리고 아팠지만 상관없었다. 그저 달렸다. 무더기 비의 아우성은 그가 내뱉는 소리를 잡아 삼켰다. 그는 그 사실이 오히려 다행이라 생각했다. 이따위의 괴상한 소리는 누군가의 귓테의 굴러 들어가게 하고 싶지 않았다. 그 순간 무언가 그의 어깨를 콱 잡았다. 그는 소스라뜨리며 뒤를 돌아봤다. 어깨를 잡은 이는 부엉새였다. 부엉새는 둥근 이마로 흐르는 비류 사이에도 말을 내질렀다. "야. 너" 뒷말은 거세지는 비에 묻힌 채 그 음성은 그의 귓구멍을 기어오른다. 그는 부엉새의 멱살을 틀어쥐고는 절규했다. "입 다물어! 시발 나 아니라고. 아니야!" 지금 그의 기억의 바다엔 폭풍우가 넘실대고 해미(海霾)가 잔뜩 끼워져 있어 그의 절규 또한 안개 낀 듯 먹먹했다. 그의 눈시울엔 빗물이 흐르고 있었다. 부엉새는 멱살 쥔 그의 손을 잡고는 외쳤다. "알아! 너 아닌 거. 넌 별 방법이 없었잖아." 그러곤 "가자. 집으로."라고 소곤거렸다. 둘은 빗물을 맞으며 흘려버렸다.

넘쳐흐르는
곡해

그와 부엉새는 그의 곳으로 가 한참을 마주 앉은 채 눈을 마주치지 않고 침묵했다. 그는 그 침묵의 시간 동안 묵혀둔 기억과 직면했다.

증오와 사랑이 얽힌 그날의 끝맺음. 그것은 너무나 질겼기에 질긴 실을 자르면 튀어나오는 잔털들같이 잔정이 그 끝에 잔뜩 있었다. 지금의 그 또한 그 잔정들에게 잡혀있었다. 그는 가끔가다 드러나는 정들을 눈앞을 막는 대로 모른 척했다. 없는 일로 살고 싶었기 때문이다. 하지만 잔털들의 흔적들은 시간이 지날수록 아픔을 파여만 갔고 오늘 드디어 아픔은 피를 흘려 더 이상 방치를 하지 못하게 했다. 그날은 누군가에겐 패륜아의 끔찍한 살해일 수도 누군가는 살고자 한 몸부림으로 생각한다. 어느 편에도 기울지 않고 그것을 쓰자면 '친족 살인'이었다. 그는 열여덟 살 겨울, 두 번째 눈이 오던 날 아버지를 꽃병으로 내리친 후 유리 조각으로 찔러 살해했다. 가정이란 반짇고리를 아버지는 수년간의 감정과 폭력으로 휘저어 실은 모두 풀려 흘러내렸고 헝겊은 바늘로 인해 구멍이 났고 골무는 찢어졌다. 아버지를 그가 살해한 날 그 날은 바늘이 부려진 날 이었다.

그전까지는 기다렸다, 아버지의 폭력으로 그의 왼쪽 다리가 무리하면 절게 된다는 것을 알게 된 날에도 아버지에게 가장 심한 말을 들을 때도. 하지만 그날 그는 더는 기다릴 수 없었다, 아버지가 나아지기를 기다렸지만 기대라는 바늘 쪼개져 누군가 한 명이 죽어야 한다는 기다림으로 변했다. 그가 꽃병을 들지 않았더라면 어머니든 자신이든 누군가 죽었을 것이다. 그는 죽음보단 죽임을 택한 명백적인 살고 자 한 행동이었다. 그 의지는 법 앞에서 빛을 냈고 다행히 무죄로 삶을 살아갈 수 있었다. 하지만 그는 아버지를 죽인 후 이웃들의 동정 섞인 눈알 속 살인자라는 낙인은 어린 시절 그를 더 비참하게 만들었다. 그는 그래서 떠났다. 자신이 이곳이 있는 한 어머니는 피해자와 가해자 사이 모호한 위치로 이웃의 입방아에 찧어지고 빻아지며 행복할 수 없음을 깨닫고 어머니를 놔주기로 한 것이다. 떠나기 전날 그는 부엉새와 짧은 대화를 했다. 부엉새는 그를 보며 말했었다. "넌 죄도 없으면서 어깨는 왜 못 펴? 너 병신이야? 네가 죽인 그놈은 죽어야 했어!" 그렇게 부엉새는 그를 위로해주곤 얘기했다.

"그놈은 너의 죄가 아니야." 하지만 그는 그 말에 아무 대답하지 못했다. 그는 아버지를 죽이는 순간에도 아버지를 사랑했기 때문이다. 그 사랑은 어머니에 대한 사랑보다 적었을 뿐이다. 그래서 그는 부엉새에게 말했다. "고마워. 가볼게." 부엉새는 그 말을 끝으로 그와 헤어진 것이다. 그는 그렇게 고향을 떠나 흔적 따윈 없는 곳으로 갔지만 그곳에서 더욱더 감정은 몸을 감추지 않았다. 얼핏 하면 눈물이 나왔고 기억을 떠오르기만 하면 왼쪽 다린 저렸다, 그래서 그는 그저 없던 일 하고자 했다. 그래서 모르는 척하며 살았는데 그 행동은 결국 돌아와 더 큰 상처로 다시 그를 꿰뚫었다. 그가 회상에 점차 잠식되어 갈 때 부엉새는 말했다. "상경해서 뭐 하고 지낸 거야?" 그들은 그렇게 지난 일상의 얘기를 했다.

그는 부엉새와 대화 속 많은 이야기를 알게 되었다. 공부를 잘하던 부엉새가 서울로 가 바보 같은 놈에게 사기를 당해 다시 이곳으로

왔다는 이야기, 이곳에서 자신의 글을 쓰며 책을 낼 계획을 하고 있다는 이야기, 그의 어머니가 돌아가고 부엉새는 그의 친척들의 장례식장이 있던 것을 보고 그를 다신 보지 못하겠다 생각한 이야기. 그는 서울에 살며 살기 위해 할 수 있는 일은 다 해봤다는 얘기, 너에게 말 못하고 떠난 것을 미안해하고 있다는 이야기. 참 많은 이야기를 나누며 그들은 떨어진 지 오래되었었지만 금세 어릴 적 그때로 돌아갔다. 그러다 그는 이제야 얘기했다. 그날의 이야기와 떠난 이유. 모든 것을 털어놨다. 부엉새는 그중 아버지를 그럼에도 사랑하는 자기 자신이 밉다는 이야기에 자신의 이야기를 털어놨다.

"난 어머니가 없는 채로 자랐잖아. 그래서 더 노력해서 살아 온 거 같아. 맨날 반장을 도맡아 하고 공부도 미친 듯하고... 이러면 언젠가 엄마가 그립지 않을 거리고, 결핍 따위 없을 거로 생각했어. 근데 아니더라고, 그래서 그냥 인정하기로 했어. 엄마가 없음을, 엄마가 날 떠나갔지만 난 그럼에도 엄마를 사랑하고 있단 것을. 왜 내가 사랑하고 있음을 없는 일로 지워야 해? 미워하든 사랑하든 난 그저 덮기보단 받아들일 거야. 이 사실을 직면하느라 코가 깨진다고 해도 손톱이 부려진다고 해도 난 지우지 않을 거야."

"난 네가 너의 불행을 없는 일로 지우지 말고. 그 불행을 저주하는 데만 몰두하지 말고 그저 한번 그것을 바라봤으면 좋겠어."

그는 부엉새의 말이 지나간 후 생긴 물띠가 계속해 가슴의 한 부분을 넘실거림을 느끼며 그 밤을 잠들었다. 어둠이 동살을 기다리는 동안 가을을 떠나보낼 무더기 비는 계속 해 흘렀다.
단풍은 나뭇가지에게 그동안 자신을 바람에도 놓아주지 않음을, 그저 스쳐 지나가는 시기를 자신의 광채를 보여 줄 나날로 만들어 줬음의 고마움을 거세게 내치는 비 사이로 고백하며 나 다시 태어남은 나뭇가지에게 단풍의 삶을 쥐여 주겠노라 맹세한 채 자신이 나뭇가지와 같이 태어난 태초의 곳으로 떨어진다. 그렇게 칠흑 사이로 햇귀는 뻗어 나간다.

시작

그는 손톱 밑 사이로 새어 들어오는 햇발에 눈 떠 비 그쳤나 하며
문을 연다. 비는 그쳤고
하늘은 그 어느 때보다 높게 솟아 파르께하다. 그 밑은 노을 머금은
듯한 낙엽들이 흙 위로 가득 차 있다. 눈처럼 모두 흰색으로 도화지
와 다름없는 모습은 아니지만, 적색 바탕으로 샛노랑 햇무리 져 있
는 모습은 마치 해 주위에 빛깔들을 세상의 밑창에 새겨 박은 것
같아 그는 바닥에 서 있지만 하늘 윗면에 서 있는 상쾌함을 맛본
것 같았다. 상쾌함은 눈보다 더 순수를 머금고 있었다. 지금 그는
곳이 아닌 자신의 둥우리, 집에 있다-

작가의 말

안녕하세요. 눈을 쓴 김보민입니다. 저의 제대로 된 첫 소설인 만큼 아직 배우지 못한 점이 많습니다. 처음은 처음대로 신선하고 고르지 않은 매력이 있다 생각하지만 그럼에도 저에겐 살짝에 아쉬움이 있네요. 눈이라는 글에서는 가족에 대한 애증과 직면을 주제로 이야기를 뻗어나가고 있습니다. 그 애증에 원인에 대해 저는 많이 표현하지 않고자 노력했던 거 같습니다. 또 이 글에서 가장 많이 나오는 "그"에 대한 정보(성별이나 외관 등)의 묘사를 안 하고자 노력했습니다. 모든 애증을 가진 이들이 이 글을 읽었으면 하는 욕심과 너무나 많은 표현은 가끔은 현실을 살아가는 이웃들에게 원치 않은 회상을 줄 거 같았기 때문입니다. 이번에 가족에 대한 글을 쓰며 저의 자화상을 조금 담게 된 거 같습니다. 어머니가 없음을 남몰래 부정하다 직면하며 전 깨달았습니다. 그저 덮어두는 것보다는 직면하는 것이 더 마음이 편하다는 것을요. 이 글을 통해 많은 분이 직면할 수 있는 시간을 가졌으면 좋겠습니다. 감사합니다, 사랑합니다!

염호석

별

염호석

검고 깊은,
차가운 어둠 속에서
밝게 빛나는 보름달이 나를 사로잡았다.
황홀한 저 달이
언젠가는 사라질거라는 것도 잊고
하염없이 바라보았다.
그리고
달은 점차 빛을 잃어갔다.
흘러가는 시간 속에서
붙잡고 싶은 마음 간직한 채
달을 떠나보냈다.
이제서야 저 넓은 어둠을 꽉 메우고 있는 것은
변치않는 무수히 많은 별들이라는 것을

소음, 악음
관인고등학교 규장각 문예지

1판 1쇄 발행 2022년 12월 30일

지은이 김보민, 김가빈, 이건희, 조예림, 박신비,
　　　박수민, 장수호, 조수아, 염호석

지은이 장아린, 유정희, 김정빈, 안희경,
　　　박가인, 이채은

책임편집 주가람
기획 관인고등학교 규장각/백화백
주소 경기도 포천시 관인면 관인로20

펴낸곳 (주)하움출판사　펴낸이 문현광

이메일 haum1000@naver.com　홈페이지 haum.kr
블로그 blog.naver.com/haum1007　인스타 @haum1007

ISBN 979-11-6440-277-9(03810)